吸血鬼と愉快な仲間たち　3

木原音瀬

集英社文庫

Contents

登場人物

アルベルト・アーヴィング（アル）

昼間は蝙蝠、夜だけ人間になる中途半端な吸血鬼。
21歳で吸血鬼になって以来、
8年間アメリカでひとりぼっちで生きてきたが、
ひょんなことから冷凍牛肉と一緒に日本へ“輸出”されてしまう。

高塚暁

蝙蝠好きのエンバーマー。気難しく口も悪いが根は優しい。
文句を言いながらも、アルを自宅に居候させる。

忽滑谷

暁の高校時代からの友人。
優秀な刑事。

酒入

暁と忽滑谷の高校時代の同級生。
テレビ局のプロデューサー。

三谷

ホラー好きの俳優。
アルの友人。

津野

暁の職場の後輩。
実家が葬儀社。

室井

暁の職場で研修中の
アソシエイトエンバーマー。
暁に片思いしている。

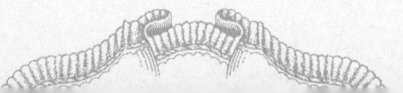

吸血鬼と愉快な仲間たち

The vampire
and his pleasant
companions

3

吸血鬼と愉快な仲間たち　3

　黒地に白抜きのエンドロールが流れはじめても、アルベルト・アーヴィングはグレーの瞳に涙を浮かべたまま、口をぎゅっと真横に引き結んでいた。地の底から湧き上がってくるようなコントラバスの音が、恐怖の余韻を延々と長引かせている。

　音楽がフェードアウトし、パッと周囲が明るくなった。静かだった試写室がさざめき、映画を見ていた人たちがぱらぱらと立ち上がる。そして一ヶ所だけの出入口へと、吸い寄せられるみたいに集まっていく。

「あー面白かった！」

　三谷祐嗣《みたにゆうじ》は両手を上に大きく突き上げ、口許《くちもと》をほわっと緩めて満足そうに微笑《ほほえ》んだ。

「いかにも和製ホラーって感じ。じわじわ迫ってくる、湿っぽい怖さがあるっていうかさ。主演の北里春瑠奈《きたさとはるな》ってグラビアアイドル出身だけど、上手《うま》かったよね。西条《さいじょう》に追いつめられて、部屋のキッチンで隠れているとことか特にさ」

「ぼく　みるない」

　アルはボソリと呟《つぶや》いた。

「あっ、寝てた？」

「こわい　め　ひらく　なかった」

二時間近い映画の半分以上、目を閉じていた自信がある。

「ホラー映画が好きなくせに、怖がりだなぁ」

三谷は笑う。断っておくが、自分はホラーが好きだなんて一言も口にしたことはない。

「こわいえいが　こわい」と常日頃訴えているのに、三谷の記憶には定着しないらしく、頻繁にホラー映画に誘われる。

ドラマの共演をきっかけに、アルは三谷と仲良くなった。二十二歳という三谷の実年齢と自分の見た目年齢が近いこと、殺人事件の犯人逮捕に協力し合ったこともあり、ドラマ撮影が終了してからも、時々会っている。

三谷はデビューして二年目の新人俳優だ。顔は整っているし、明るくて性格もいいのに、三度の飯よりホラー&スプラッターが好きという趣味が災いして友達は多くないようだった。

「人肉って、豚肉に味が似てるらしいよって言ったんだ。俺だって本当に食べたわけじゃない、本にそう書いてあるんだって説明したのに、みんな怖いぐらい引いちゃってさ〜」

明るく三谷は喋《しゃべ》っているが、自分もその場にいたら、間違いなく凍りついていたに違いなかった。

『配給会社でやっている試写会の券をもらったんだ。行かない？』

誘われたのは昨日の夜。上映が午後八時から、かつ会場がバイト先のエンバーミング施設から近かったので、早引けさせてもらえば間に合う。何より「新作映画が無料で見られる」が魅力的で来てみたら、悲しきかなホラーだった。

これまで三谷に誘われて見に行った映画は全てホラー、もしくはスプラッター系だった。誘われた時に一応用心してタイトルを聞いたけれど、漢字で『呪通信』。読めなかった。雰囲気からして、まぁ、大丈夫だろ～と思って出向いたら、手加減なしのホラー。スクリーンから滲《にじ》み出る恐怖に、悲鳴とすすり泣きのハーモニーで彩られた二時間。

……ちょっぴり悲しかった。

三谷は勢いよく椅子から立ち上がり、チラリと腕時計を見た。

「十時か。ちょっと腹減ったし『十三日の金曜日』に行く？　あそこ一時までやってるから」

往年のホラー名画のタイトルを店名に持つその店は、ホラーマニアがターゲットのホラーカフェだ。これまで何度も三谷に連れていかれたことがある。メニューには『死霊のはらわた』『ゾンビの涙』とおどろおどろしい言葉が並んでいるが、実際はソーセージの盛り合わせケチャップがけや、ジンジャーエールだったりする。

「ぼく　かえる　しゅうでんおくれる　おこられる」

先日、三谷と映画を見たあとで話が盛り上がり、終電を逃してしまった。タクシー代がなかったので、同居人の高塚暁《たかつかあきら》に相談すると、わざわざ迎えに来てくれた。がしかし、「俺をタクシーがわりに使うな！　今何時だと思ってる！　午前二時だぞ、二時！」と帰り着くまで怒りの稲妻の大嵐だった。……暁は次の日も朝から仕事があったのだ。無理もない。大反省した。

「じゃあさ、終電には間に合うように解散するから、どこかでちょっと話そうよ」

目を閉じていた自分に、まともな感想が言える気がしない。どうしようかと迷っていたら「あれっ、三谷君にケインさんじゃないか～」と前方から聞き覚えのある声が飛んできた。

十月に入っているというのに、椰子《やし》の木柄のアロハに膝丈パンツと、未《いま》だ夏は終わってませんよという出《い》で立《た》ちの酒入《さかいり》が、出入口から逆行してこちらに歩いてくる。

「ケインさん、会いたかったよ～」

酒入は全開の笑顔だ。彼は三谷とアルが出演したドラマ『BLOOD GIRL まひろ』のプロデューサーで、アルが同居している暁の高校からの友人だった。

アルの本名はアルベルト・アーヴィングだが、警察に逮捕されたことがある上に、やむにやまれぬ事情で脱走してしまったため、暁と、暁の友人で事情を知っている刑事の忽滑谷《ぬかりや》以外の人の前ではケイン・ロバーツという偽名を使っている。最初は違和感があったものの、今では自分の芸名という感覚だ。

「二人で何いちゃいちゃしてるんだよ。ひょっとしてデートか？」

「そんなわけないじゃないですか」

酒入の軽口に、三谷が声をたてて笑う。酒入が自分のことを今でもゲイだと信じ込んでいる気がして、どうにも胸がモヤモヤする。

「ここで会うとは思いませんでした。酒入さんもホラーが好きだったんですね」

酒入は「いやーっ」と顔の前で勢いよく右手を振った。

「実は俺、ホラーってメチャクチャ苦手でさぁ」

あからさまにガッカリした表情の三谷をよそに、酒入はきょろきょろと周囲を窺《うかが》い、顔を近づけてきて声を潜めた。

「……まだオフレコだから黙っててくれよ。『まひろ2』の主演、北里春瑠奈に決まったんだ」

『BLOOD GIRL まひろ』は、主演女優が殺され、犯人が女優のマネージャーだったなど、作品とは別の部分で注目されているドラマだ。深夜枠の連続ドラマとしては異例の高視聴率を記録し、早々に続編も決まっていた。主演女優が撮影途中で亡くなったので代役がたてられたものの、２ではまひろ役を新たにキャスティングすることが話題になっていた。

「事務所から招待されてさ〜。ちょうど時間も空いてたし、見に来たんだよ。春瑠奈ちゃん、演技をしたのは今回が初めてって話だけど、いや〜上手い子だよね。事務所が女優で売り出したがってるのもわかる気がするわ。この前、本人にも会ってさ、すっごい緊張しいの恥ずかしがり屋なんだよ。あの堂々たる演技からは想像もできないっていうか」

「……お客様、お話し中のところ申し訳ございません」

試写室の出入口から、社員証を首から下げた、シャツブラウスにスカート姿の綺麗《きれい》な女の人が顔を覗《のぞ》かせた。こちらに向かってにっこりと微笑む。

「本日の上映は終了いたしました。こちらも施錠いたしますので……」

……周囲を見渡すと、自分たち三人の他は誰も試写室に残っていなかった。

試写会は、配給会社の地下にある試写室で行われていた。階段を上って一階に出ると、そこは会社の受付ロビーになっているが、明かりは半分ほど落とされ、終業間際の雰囲気を漂わせていた。

ビルを出ると風がザッと吹き抜け、アルは目を細めた。昼間はまだ汗ばむほど暑い時もあるのに、夜はとても涼しくなった。

先に立って歩いていた酒入がくるりと振り返った。

「俺、ずっとケインさんと話がしたかったんだよ。センターの方にも何度か行ったんだけど、高塚がちっとも取り次いでくれなくってさ」

酒入の言うセンターとは、葬祭会館『オールドメモリアルセンター』のことだ。暁はここでエンバーミングを施す資格を持つエンバーマーとして働いている。

エンバーミングとは、ご遺体に防腐、殺菌、修復や化粧の処置を行うことをいう。血管を使って防腐処置をするので腐敗の進行も止まり清潔な上に、事故で傷ついたご遺体や、闘病で窶《やつ》れ果てたご遺体も生前の元気だった頃の姿に近づけることができる。

アメリカではごく一般的だが、日本では数日で火葬するため普及していない。オールドメモリアルセンターは日本では珍しく、エンバーミングができる施設を併設した葬祭会館で、暁は数少ない日本人エンバーマーの一人だ。アルは暁の口利きで、施設清掃のアルバイトをしている。

「俺としては、是非ともケインさんに悪役吸血鬼を続投してほしいんだよ」

「えっ、ケインって2に出演が決まってるんじゃないの？」

驚いた三谷に、酒入は「そのつもりだったんだけどね」と神妙な顔をした。

「他の仕事とダブルブッキングでもしてるの？」

三谷に詰め寄られ、アルは「それ　ない……けど」と口ごもる。

「ドラマのセカンドシーズンが決まったとマネージャーに聞いた時、まひろ以外のキャストは続投って聞いてたから、てっきりケインもだと思ってた。また一緒に仕事ができるんだなって楽しみにしてたのに……前のドラマ撮影の時は本当に色々あったけど、スタッフとか現場の雰囲気はよかったと思うんだ」

自分だって出演したいのは山々だ。しかしそこには「高塚暁」という大きな壁が立ちはだかっている。

返事に迷っていると、酒入にポンと肩を叩《たた》かれた。

「俺が推測するに、ケインさんは出演してもいいって思ってくれてるんじゃないか？」

ここは自分に正直に、コクリと頷《うなず》いた。

「……問題は親玉だろ」

「親玉って誰ですか？」

三谷が首を傾《かし》げる。

「ケインさんの同居人の高塚だよ。あいつがケインさんの出演を阻んでるんだ」

「けど、せっかくのシリーズなんだし……」

「そうだよな。俺もそう思うんだけど、高塚の野郎は駄目の一点張りでさ」

三谷は腕組みをして「うーん」と小さく唸《うな》った。

「どうして高塚さんはケインが出演するのを嫌がるんだろう」

そりゃ……と酒入が言いかけたところで「あのっ」と声をかけてくる女の子がいた。二十歳ぐらいだろうか、薄い黄色のカットソーに、丈の短いデニムのスカート。びっくりするほど長い睫毛《まつげ》の下、潤んだ瞳がじっと三谷を見つめている。

「俳優の三谷祐嗣さんですよね。私、ファンなんです。サインをお願いできませんか」

三谷はニコッと微笑み、差し出された手帳にボールペンでサラサラとサインをした。ハリウッドスターみたいに堂々としている。横顔はとてもクールで、かっこいい。

「すっごく嬉《うれ》しい。ありがとうございます」

サインを受け取った女の子は、興奮しているのか耳まで赤くなっている。

「私、デビュー作の『青空の鍵』からずっと見てます。宮川潤《みやがわじゅん》役、とてもよかったです。円盤も買いました。繰り返し見ていて……」

女の子の声は大きくて、歩道を行き交う人が野次馬的に「何だ、何だ」とこちらに視線を投げかけてくる。

「ちょっとゴメン。三谷はね、これから仕事の打ち合わせがあるんだよ～」

酒入は女の子の話をあっさり打ち切る。三谷は「ごめんね、これからも応援よろしく」とその子に会釈した。

「こっちだから」と酒入に促され、アルと三谷もその後についていく。大通りから一歩入ると、酒入はくるりと振り返った。周囲を見渡し、誰もついてきていないのを確かめてから二人にこっそり耳打ちした。

「……何だか話が長くなりそうな子だったたし、適当に切り上げたよ」

「……ありがとうございます。助かりました」

三谷は小声で礼を言った。

「近くに俺の知ってる店があるんだ、そこに行こうや。穴場で、客が少なくていい感じなんだよ」

「あなば　なに？」

アルが聞くと酒入は「みんな知らないけど、いい店ってことだよ」とバチリとウインクした。

裏通りからもう一本奥の道に入ると、途端に道幅が狭くなる。酒入は曲がり角から三軒行った先のビルの三階にある店に入った。店名は片仮名だったので読めなかったが、中に入った途端、ハワイアンの音楽が聞こえてきた。南国ムードの漂う観葉植物が所狭しと置かれ、壁にはハイビスカスの造花が飾られている。

「ここ、ハワイアンバーなんだよ。俺、ワイハが好きで、マスターと意気投合しちゃってさ」

穴場なのか、それとも単に流行《はや》っていないのか、ハワイアンバーは他に客が一人もいなかった。陽気な音楽の流れる寂しい店で、壁際にあるテーブル席へついた。

酒入は店に入るなりバドワイザーを注文し、カウンターで受け取るとその場でゴクゴクと飲みはじめた。途端、ググッと眉を顰《ひそ》める。

「ちょっとこれ、温《ぬる》いよ」

酒入が文句を言うと、マスターは「ごめん、ごめん」と笑っていた。このバーは間違いなく流行っていない方だなとアルは確信した。

「そういやさっきの話の続きなんだけど、高塚の野郎はケインさんをメディアに露出させたくないんだよ」

三谷は手許のジンジャーエールを一口飲んだ。

「ケインは俳優なんだから、露出は仕方ないんじゃ……それにメディアに出るかどうかを決めるのは事務所じゃないんですか?」

酒入はふーっとビール臭いため息をついた。

「ケインさんは事務所っていうか、個人活動っていうか、とにかく高塚に逆らえないんだよ。……まぁ、こんなにかっこいい彼氏じゃ、テレビに出演して人気が出たら嫌だっていうあいつの気持ちも理解できんこともないけどさ」

話を聞いていた三谷がゲホゲホッとジンジャーエールでむせ込んだ。

「彼氏って……高塚さんとケインって付き合っているの?」

酒入が「うわああっ」とびっくりするような声をあげ、両手を顔の前でパンと合わせた。

「ケインさん、ごめん。うっかり口が滑っちまった。ばらすつもりはなかったんだけどさ」

「ぼくとあきら　つきあい　ない」

恋人同士になりたいと思っているがまだ自分からの一方通行で、相思相愛ではない。

「えっ、でも恋人同士なんだろ？」

酒入が突っ込んでくる。

「こいびと　ちがう」

「けど一緒に住んで、ニャンニャンしてる仲だろ？」

軽い響きを持つ言葉を反芻《はんすう》しながら、脳内の日本語辞書と照らし合わせてみる。

「にゃん　にゃん　ねこ？」

酒入と三谷は黙り込み、互いに顔を見あわせた。

「酒入さん、そこにはあまり立ち入らない方が……」

三谷が神妙に呟き、酒入も「そっ、そうだな」と上擦った声で笑った。

「ケインさん、俺が言ったことは忘れてくれ」

「きになる　にゃんにゃん　ねこ　ちがう？」

「にゃんにゃんって、エッチのことだろ？」

アルにトマトジュースを持ってきてくれたマスターが、微笑みながらサックリと教えてくれた。エッチ……というと、セックス。羞恥心が全身を駆け巡り、頬がカーッと熱くなる。

「ぼくとあきら　してない！」

「えっ、一緒に住んでるのにプラトニックなのか！」

酒入が驚いた顔で問い返してくる。エッチはおろか、愛の告白も嫌がるし、唇へのキスもさせてくれない。

「あきら　だめっていう　おこる」

酒入は目を大きく見開いたまま「ハーッ」と息をついた。

「あいつはどうしようもないドSだな。まぁ、撮影の時から、ケインさんに対する態度にそれっぽい雰囲気はあったが……」

「俺、何となくわかります」

静かに事の成り行きを見ていた三谷が、おもむろに語り出した。

「高塚さんて、自分にも他人にもストイックそうじゃないですか。そういうところにサド的な気質があるんじゃないでしょうか」

「言われてみればそうだな」

酒入は腕組みをしたまま頷く。そしてまっすぐにアルを見た。

「ケインさん、どうしてあいつなんかがよかったんだ?」

何が何だかよくわからないうちに、暁はサドだと決定づけられている。それはちょっと違う。誤解を解きたい。

「あきら　やさしい　おこりっぽい　けど」

「……サドっていうのは、厳しさと優しさの加減が絶妙だっていうからな」

酒入は聞いちゃいない。

「ほんとうに　あきら　やさしい」

必死で訴えると、二人に哀れむような優しい瞳で見つめられた。

「ケインさん、俺らの前でまで無理しなくていいよ。ゲイでMでも、ありのままの姿でいいんだからさ」

「そうだよ、ケイン。個人の性癖なんて右目、左目ぐらいどうでもいいことだから」

勘違いで慰められ、否定しても聞き入れてもらえず、アルは俯《うつむ》くしかなかった。三人の間に、重苦しい沈黙が流れる。

「で、何の話をしてたんでしたっけ?」

三谷が不意に口を開いた。

「えっと……あぁ、そうだ。ケインさんに続投をお願いしたいってことだよ。反対している親玉の高塚はこっちを完璧無視だし。あいつの親友で忽滑谷って刑事がいるんだけど……」

「忽滑谷さんなら俺も知っています。殺人事件の時に話をしたので。かっこいい刑事さんですよね」

「そうそう、忽滑谷も高塚と同じ相当の食わせモンでさ。高塚に渡りをつけてほしいってお願いしても『本人と直接話してよ』って逃げてばっかりでさ」

……暁がドラマ出演を反対する本当の理由は、自分に逮捕&脱走という過去があるからだ。顔が売れて、メディアへの露出が多くなり警察に見つかってしまったら、逮捕される可能性がある。逮捕だけならまだしも、自分の正体がばれたら、全世界をあげての大騒ぎになってしまう。

アルは吸血鬼だ。それに「できそこない」というおまけがつく。完璧な吸血鬼は、蝙《こう》蝠《もり》にも人型にも自由自在に体の形を変えられるが、自分は昼間は蝙蝠、夜は人間と自分の意志とは関係なく体が変わってしまう。

不老不死なので、怪我《けが》をしても傷は治るのだがとにかく痛い。おまけに沢山の血を飲まないと体は修復しない。それなのに血を吸う牙が生えなかったので、血の入手が一苦労だった。体が昼と夜で変化するので仕事も長く続かず、人間でも吸血鬼でも友達ができず、流れ流れて年老いた猟師、ギャディスの家の近くに住みつき、ギャディスが仕留めた獣の血をこっそりすすっては飢えを満たし、惨めな生活を長く続けていた。

冷凍牛肉に交じって日本にやってくるまでは。

今はエンバーマーである暁の職場にアルバイトで入り、エンバーミングされるご遺体の処置を手伝う傍ら、廃液として捨てられる血液を食料として分けてもらっている。アルバイトとしてちゃんと働いているし、食事ももらえて、友達もできた。日本に来てから環境は劇的に変化し、もとの人間らしい生活になっている。

人は（たとえ吸血鬼だとしても）現状に満足しない生き物だ。生活が安定すると、人間だった頃の、俳優になりたかったという夢を思い出した。そして偶然に偶然が重なり、日本で俳優デビューを果たしてしまった。……脱走犯だと露見しないよう、もとの顔がわからないぐらいメイクは施されてしまっているが。

そしてアルは暁に恋をした。自分を人間らしい生活に引き戻してくれた、口が悪くてすぐに手が出るくせに、優しくて意外に世話焼きの男の傍《そば》にずっといたくなった。アルがそういう自分を意識したのは、暁に恋心を寄せる男、室井《むろい》が現れてからだ。

暁を好きになったのが女の子なら諦めもついたかもしれないが、同性の男なんて絶対に嫌だ。それなら吸血鬼の自分でもいいのではないかと思ったのだ。

「そこでさ、ケインさんから高塚を説得してもらえないかな。『まひろ』の吸血鬼役、とってもよかったんだよ。演技はどっちかっていうとオーバーなんだけど、それが原作のクラシックな雰囲気と合ってて不思議と違和感がないっていうかさ。ケインさんが出演したあと、あの悪役吸血鬼は誰なんだって問い合わせがいくつかきてたんだ。視聴者はね、ケインさんを求めてるんだよ」

作品が好評だったのは嬉しい。演技を褒められると悪い気はしない。暁には「下手くそ」と鼻先で笑われたけれど、やってみたい。でも……。

「ぼく　いう　むり　あきら　ゆるしてくれる　ない」

アルは首を横に振った。

「言ってみなきゃわかんないだろう。堅物のあいつも、愛するケインさんのお願いなら聞くかもしれないし」

「それって、無理な気がする」

三谷はクールに口を挟んだ。

「ケインはMなんですよ。SMっていったら、主人と奴隷の関係じゃないですか。奴隷のケインから、主人の高塚さんにお願いなんて、きっとできないですよ」

それは違うと思ったけれど、酒入は「……それもそうか」と納得している。

「ケインさんの『やりたい』っていう意思は確認したんだから、後は俺が積極的にいくしかないか」

「頑張ってください。俺もケインの吸血鬼、とてもよかったと思うし2でも共演したいです」

三谷の声援に、酒入は「はぁ〜」とため息をつく。そしてガリガリと後ろ頭を掻《か》くと、

「あれこれ急がなきゃ、時間ないんだよな」とぼやいた。

「『まひろ』が高視聴率だから、2はゴールデンタイムの一時間枠に移行したの、三谷君は知ってるだろ。その初回は九十分の拡大版で、アメリカロケの予定なんだよ。主人公のまひろがアメリカにホームステイしてた時に、宿敵の悪役吸血鬼、キーガンに会ってたってエピソードが原作にあるから、その部分をやろうってことになってさ。普段だったらもうちょっと余裕持ったスケジュールを組めるんだけど、北里春瑠奈が人気出てきてスケジュールが埋まってて、ロケは写真集の撮影を兼ねての渡米になるから、予定が前倒しになりそうなんだよな」

「アメリカ？」

アルの呟きに、酒入はカッと目を大きく見開いた。

「そう、アメリカに行くんだ。ケインさん、タダで実家に帰れるよ」

「酒入さん、アメリカっていっても広いから、場所によっては家に帰るのは無理かもしれないですよ。そうでなくてもスケジュールはギリギリなんですよね」

三谷の言葉に、酒入は「そうだった」と肩を竦《すく》めた。

「島国ニッポンの感覚だったよ。ロケ地はシカゴ郊外の予定なんだけどね」

シカゴと聞き、思わず身を乗り出していた。

「ぼくのいえ　ネブラスカ　シカゴちかく　ハイスクールのころ　あそびいった」

酒入は「おうっ！」と声をあげた。

「いいねぇ、いいねぇ～運命を感じるよ。ケインさんは『まひろ2』に出演する運命なんだな。きっとそうだ」

アメリカロケ、しかもシカゴ。ロケ場所にもよるけれど、車で一日もあればネブラスカに帰れる。両親の顔はもう九年ほど見ていない。

吸血鬼として生き返った時、すぐ両親に会いに行ったものの、ただただ二人を混乱させただけだった。埋葬まで終わらせた息子がモンスターになって戻ってきたのだ、無理もない。おまけに父親は銃で自分を撃とうとした。あんな目に遭うのは辛《つら》いから、次は姿を見せない。元気かどうかだけ、物陰からこっそり確かめられたらそれでいい。

ドラマの出演料はもらったが、正直施設のバイト代と大差なかった。素人同然の役者、しかも代役なので仕方ない。居候で貧乏な自分がアメリカへ帰省なんて夢のまた夢。けどロケなら旅費が出る。そして何となく、アルはこれが両親の顔を見る、最初で最後のチャンスのような気がしていた。

「あっ、ケイン。もうそろそろ駅に行った方がいいよ」

三谷の声に腕時計を確かめる。最終電車まであと十五分ほどになっていた。

「ぼく　かえる！」

慌ただしく席を立ち「じゅーすのおかね……」とポケットから財布を取り出すと、酒入が「あーっ、いいから」と右手で制した。

「ここは俺がおごるよ」

酒入はとても気前がいい。これが暁ならきっと一円の桁まで請求される。そのおかげで、日本のお金に早々に慣れることができたのだが。

「今日はケインさんと話ができて本当によかったよ」

立ち上がった酒入は、アルの肩をポンと叩いた。

「そういえばさ、最初から気になってたんだけど、ケインさんの着てるTシャツっていつも個性的だよな。バックプリントに『四面楚歌《しめんそか》』ってセンス、最高だよ。その茶目っ気を爪の先でもいいから高塚の野郎に分けてもらいたいよ」

服のセンスを褒められて、嬉しくなる。暁は自分が買ってきたこのTシャツを見て、いつもの如《ごと》く鼻先でフッと笑った。けれど酒入はいいと褒めてくれたので、センスがないのはやっぱり暁の方なのだ。

「じゃあ　またね」

二人にそう言い残して、アルは店を飛び出した。大通りに戻れば道はわかる。急がないと終電の発車まで、残り十分を切ってしまっていた。

最寄り駅に到着した時点で午前零時四十分。そこから歩いて十分で、マンションに帰り着いた。

「た……だいま」

ひそひそ話をするぐらいの小さな声で呟きながら、ゆっくりと玄関ドアを開ける。リビングは薄暗いし、その奥にある寝室も真っ暗だ。暁は寝ている。玄関の明かりをつけたアルは、自分と暁のものではない靴を見つけた。履き込まれた革靴は、忽滑谷のものだ。

足音を忍ばせてリビングへと向かう。暁にベッドを追い出された時にアルがよく寝ている大きなソファで、忽滑谷がスーツ姿のまま横になっていた。最近、この周辺で事件があったとかで忽滑谷は夜も張り込みをしている。そして休憩時間になると暁の部屋に来て、仮眠を取っていく。車の中は煙草臭《たばこくさ》くて吐きそうになるんだと前にぼやいていた。

静かにしていたし、リビングの明かりはつけなかったのに足音で目が覚めたのか、忽滑谷が「う……ん」と低く唸って目を開けた。

「……あ、アル。おかえり」

「おきた　ごめんね」

寝ぼけた表情で瞼《まぶた》を擦《こす》りながら、忽滑谷はノロノロと半身を起こした。

「……いや、もうじき戻らないといけないから、ちょうどよかったよ」

喋りながら、ふわっと大きな欠伸《あくび》をする。

「しごと　たいへん？」

忽滑谷はにっこりと微笑んだ。

「今はサボリだけどね」

「さぼり？」

「ちょっと出てくるって言って、もうすぐ三時間になるかな。そろそろ戻ってやらないと、一人が寂しくて柳川《やながわ》が泣いているかもしれない」

忽滑谷の相棒で、手足の如くこき使われている柳川。割合とず太い男なので、ブツブツと呪詛《じゅそ》のように文句を垂れ流すことはあっても、泣くことはない気がする。

ミシミシと床の軋《きし》む音がして、スウェット姿の暁がリビングに現れた。黒く癖のある髪は鳥の巣みたいにぐしゃぐしゃ。目は不機嫌に細められ、口許は険悪に歪《ゆが》んでいる。

……お世辞にも機嫌がいいとは言い難い表情だ。

「……何時だと思ってるんだ。静かにしろ」

声も床の上を這《は》うみたいに低い。

「ごめんね、暁」

忽滑谷が謝っているが、暁の視線はまっすぐアルに向けられている。

「ご……めん　なさい」

アルの謝罪に、暁はフンと鼻を鳴らしてリビングの明かりをつけた。冷蔵庫の扉を開け、ペットボトルのミネラルウォーターを取り出してゴクゴクと飲み干す。

「そういえばアル、遅くまでどこに出かけてたんだい？」

忽滑谷に聞かれて、「ししゃかい　みた」と答えた。

「へぇ、一人で？」

「みたに　いっしょ」

軽く首を傾げたあと、忽滑谷は「あぁ」と軽く手を叩いた。

「前、犯人逮捕に協力してくれた俳優の子か」

「そう」

「一緒に映画に行ける知り合いができて、よかったね」

「あそぶ　よるだけ」

「それでもいい傾向だと思うよ」

ニコニコと話を聞いてくれていた忽滑谷が、身を乗り出してアルの背中を覗き込んだ。

「そのTシャツ、面白いね」

「そう？」

酒入だけでなく、忽滑谷にもこの文字デザインのよさをわかってもらえた。

「ぼく　これ　すごく　きにいった」

アルは体を捻《ひね》って手を後ろに回し、背中にプリントされた四面楚歌の「歌」の部分を指さした。

「みせのひと　これ　ソング　いった　うたう　たのしい」

「……そんなドン詰まりの崖っぷちみたいな四字熟語を、シャレじゃなく喜んで着てるのは、世界中でお前ぐらいだ」

暁がぼやき、アルは些《いささ》かムッとして振り返った。

「ぼく　せんすいい　みんな　ほめてくれる」

暁はペットボトル片手に、大げさに肩を竦めた。

「何がみんなだ。所詮、忽滑谷一人だろ。それも面白いってだけで、センスがいいとは言ってない」

アルはグッと顎を引いて、唇を尖《とが》らせた。

「けど　さかいり　いいて　いった」

暁は片目だけをクッと細め、僅かに首を傾げた。

「酒入？　お前、あいつとも会ってたのか？」

しまった、と思ってももう遅い。口から出た言葉は、引っ込められない。

「俺には三谷と出かけると言ってたのに、本当は酒入だったのか！」

「ちがう　えいが　みたに　いっしょにみた　さかいり　たまたま」

必死に言い訳する。

「帰りがやけに遅かったのは、そういうことか。あのおかしな吸血鬼ドラマの続編に出てほしいとか何とか言われたんだろ」

まったくもってその通り。反論のしようもなく、目を伏せ沈黙する。

「黙ってないで、返事をしろ！」

暁の怒鳴り声が、部屋中にビリビリと響く。

「酒入に会ったぐらいで、そんな頭ごなしに叱らなくても」

忽滑谷が宥《なだ》めてくれようとしても「お前は黙ってろ！」と火のついた暁に効果はない。

仕方なくアルは白状した。

「さかいり　ぼくに　きゅうけつきのドラマ　ぞくへん　でてほしい」

「絶対に駄目だ。この前は撮影直前に出演者が事故って、状況が状況なだけに仕方なく許可したが、今回は違う。もしドラマに出たいなら、公然わいせつと建造物侵入と逃走容疑でマークされてるその間抜け顔をそっくりすげ替えてこい！」

暁が警察の追っ手を心配してくれているのは十分にわかっている。だから「出演したい」と思っていても、一言も口にしてない。おまけに顔なんて変えられるわけがないのに、できないと知って言ってくる。怒りに悲しみが絡まるようで、胸がチクチクと痛くなって奥歯をぐっと嚙《か》み締めた。

「暁が心配するのもわかるけど、アルの言い分も少しは聞いてやったら」

酷《ひど》い言い草を見かねたのか、忽滑谷が加勢してくれる。

「俺は間違ったことは言ってない！」

「けど、アルにもアルの希望ってものがあるだろう。素のままの顔で出るのはまずくても、この前の吸血鬼役みたいな感じだったらメイクも濃いし、大丈夫じゃないかな。僕もわからなかったぐらいだし」

怒る暁に、忽滑谷がやわやわと応戦してくれる。

「正直言うとね、僕はアルが心配だったんだよ。日本に来て最初のうちは、僕と暁以外に話す相手がいなかったじゃないか。アルは夜しか人間の姿になれないから無理はないとしても、もう少し、正体を隠したままでも付き合える相手が増えればいいのにと思ってたんだ。三谷って俳優は、ドラマがきっかけで知り合ったんだろう。色々な業界で働くことで、アルの世界は広がっていってるんだよ。脱走犯だって事実は変わらないから、気をつけるに越したことはないけど、あんまりそこにこだわらなくてもいいかと思うんだ」

それとも、と忽滑谷は続けた。

「アルが売れっ子になるのを心配してる？　自分の手の届かないところへ行っちゃいそ

うでさ」

おどけた口調で微笑む忽滑谷を、暁は睨《にら》みつけた。

「そんな心配してるわけないだろう。こいつは演技が下手くそだ。一万歩譲ったって売れるわけがない。俺が反対するのは、コイツが信じられないぐらいアホだからだ。人に相談もしないで余計なことに首を突っ込みまくって、そのたびに普通なら死んでるレベルの大怪我をしてくる。しかもドラマのプロデューサーは酒入だ。あいつは大ごともなあなあで押し切るいい加減野郎ときてる。この二人がタッグを組むと考えてみろ、不安しかないだろうが」

忽滑谷は軽く顎を押さえた。

「暁は毛嫌いしているけど、僕は酒入のことをそれほど嫌いじゃないんだ。口調は軽いし厚かましいけど、面白い男じゃないか」

「お前は迷惑を被ったことがないからそんなことが言えるんだ。俺はあいつのせいで高校を退学になるところだったんだぞ」

忽滑谷は目を大きく見開いた。

「あれは禁止されている……ていうか、どう考えてもやばいバイトをしていた暁が悪いんじゃないか。人のせいにしちゃ駄目だよ」

暁が眉を顰めて口をムッと尖らせた。

「禁止ったって、お前の親父《おやじ》の出版社だったんだぞ」

忽滑谷はひょいと肩を竦める。

「僕は止めたよ。暁は一度決めたら、人の言うことを聞かないから」

「俺のバイトのことはもういい。とにかく俺と酒入は過去、現在、未来永劫《みらいえいごう》、相容《あいい》れんってことだ。もう寝るっ。お前もサッサと仕事に戻れっ」

暁は空になったペットボトルをシンクに放り投げると、下の部屋から苦情がきそうなほど大きな足音をたててベッドへと退場する。怒り狂った家主の背中が見えなくなってから、アルと忽滑谷は顔を見あわせた。

「……援軍のつもりが、余計にややこしくしちゃったかな。ごめんね」

忽滑谷の声は、密《ひそ》やかだ。

「だいじょうぶ　ありがとう」

礼を言うと、忽滑谷はアルの頭を、まるで子供を慰めるようにそっと撫《な》でてくれた。

何かあったら相談に乗るからね、そう言って忽滑谷は部屋を出ていく。アルはシャワーを浴び、新しいTシャツと短パンに着替えてから、そろそろとベッドに近づいた。

少し前、暁に恋人にしてほしいとお願いした。真剣だったのに、いきなり「馬鹿野郎」と怒鳴られ、叩かれ、しばらくベッドに入れてもらえない日が続いた。

その間、アルはリビングのソファではなくベッドの真横の床の上に寝て「いっしょのベッドねたい」と懇願し、暁のお許しが出るのを犬のように辛抱強く待った。ようやく暁の隣に戻れたのはほんの二週間ほど前。それも「今度ふざけたことを言ったり、俺に何か邪《よこしま》なことをしてみろ。そこの窓から蹴り落とすからなっ」という怖い脅しつきだった。

暁は横向きになり、壁と向かい合っている。普段は仰向《あおむ》けに寝るので、自分の顔を見ない体勢をとっていることで「あぁ、怒ってるんだな」とわかる。どことなくピリピリした雰囲気の中で、アルがシーツを捲《めく》ってベッドに入ろうとすると「ソファへ行け」とくぐもった声が聞こえた。

「ぼく　こっちで　ねる」

「……お前が隣にいると思うだけで、猛烈に苛々《いらいら》する」

「ひとり　さびしい」

「甘えたことを言うんじゃない！　ここに住むのも、もとは二週間の約束だったはずだ。日本語が不自由なのをいいことに、ズルズル一年近くも居つきやがって」

心底邪魔者のように言われ、切なくなる。ドラマには出たいけど、それは暁に嫌われたり、暁を失ったりすることに比べたら、ほんの些細《ささい》なものだ。どちらを選ぶかと言われれば、もちろん暁だ。アルは強引にベッドに潜り込んで、背後から暁に抱きついた。

「出ていけ」「いやっ」と攻防を繰り返す。アルは抱きしめた手を離したら死ぬぐらいの勢いだったので、そのうち暁も諦めたのか「フンッ」と大きく鼻を鳴らして静かになった。

アルはほんわりと温かい首筋に鼻面をくっつけた。瞬間、暁の首筋がブルッと小さく震えるのがわかった。

「……冷たい」

「ごめんなさい」

「お前はまるでドライアイスだな」

「ぼく　いきてない」

少々自虐的に呟くと「まったくだ。生きてないのに、その図々《ずうずう》しさと減らず口は大したもんだ」と言われた。

「ぼく　けんきょ」

「お前、謙虚って漢字を一回辞書で調べてこい」

暁の肩がゆるく上下する。笑っている。少し機嫌が直った。ホッとする。

「ぼく　ドラマ　でない」

アルはぽつりと呟いた。

「あきら　いやなこと　しない」

すると、暁の腹に回していた手をパシッとはたかれた。

「俺が嫌だとか、そういう問題じゃない。テレビで顔出しすると、見つかるリスクが格段に増える。俺が気になっているのはそこだけだ。それがなければ、お前が何をやろうが、人に迷惑さえかけなきゃ干渉しない」

俳優をやってみたいというのは、自分の我儘《わがまま》だとわかっている。それでもアルはついつい零《こぼ》さずにはいられなかった。

「ドラマ　アメリカで　さつえいある」

「アメリカってことは、海外ロケか？」

「そう　シカゴでさつえい　ネブラスカちかい　パパとママ　あいた　かった」

暁の体が、ピクリと震える。

「ぼく　アメリカ　かえれない」

夜もふけていたし、寄り添っている安心感でアルは早々に眠りについた。「向こうに帰りたいか？」と問いかけられた気がしたが、夢か現実かわからないまま目覚めた時には忘れていた。

暁の勤めるエンバーミング施設の中にある職員控え室で、水を張ったプラスティックボウルの中に首までつかって、アルは水浴びをしていた。ボウルは窓際に置かれていて、ガラス越しの日差しが少々暑いけれど、室井がたまにコップに汲んだ水を頭からかけてくれる。これがまた格別だった。

昼間は蝙蝠なので、全身が薄茶色の毛で覆われている。一年中毛皮のコートを着ているようなものだ。夏が本番を迎えた頃、暁の肩で夏バテしてぐったりしている姿を見るに見かねて、津野《つの》が水浴びをさせてくれたのがはじまりだ。それがもう最高に気持ちよくて、ことあるごとに「ギャッギャッ（水浴びさせて）」と津野におねだりした。

それがあまりに頻繁だったので津野は天気のいい日は毎日、蝙蝠の水浴び用に水を張ったボウルを用意してくれるようになった。ボウルの傍にはハンドタオルまで置かれていて、いつでも好きな時に水から上がれる。まさに至れり尽くせりだ。

アルはボウルの中でリラックスしながら、最近どうも様子がおかしい暁をじっと見ていた。言ってることが支離滅裂だとか、今まで以上に辛辣で乱暴になったというわけではない。アイスクリームだ。暁はアイスクリームをやたらと食べるようになった。

今も暁は海外の雑誌を捲りながら、カップのアイスを食べている。自分の知っている暁は、勤務中にアイスクリームなど絶対に食べなかった。今日は処置を必要とするご遺体がなく、小柳《こやなぎ》と津野が午後に有給休暇を取って帰り、暁と見習いエンバーマーの室井だけが残っていて、終業時間になるのを待っているという状況ではあるけれども。

暁は朝にアイスクリーム一個、昼も食後に一個、そして今三時のおやつのアイスを食べている。こんなにアイス尽くしになったのは、夜中に暁と言い争いをしてからだ。遅い時間に怒らせたことで特殊なホルモンが分泌され、そのせいでこんなおかしなことになってるんじゃないかと少なからず不安になる。それぐらい暁は頻繁にアイスを食べるし、マンションの冷凍庫にも、アイスがぎっしりスタンバイしている。

夏、暁はアルが栄養のありそうなものを沢山食べさせたにもかかわらず、ひょろひょろと痩せていった。失った体重を取り戻すには甘い物がいいのかもしれないが、それにしても限度があるだろう。

アイスを食べる暁はさておき、それ以上に気になって仕方ないのは、有給休暇の二人が帰り、暁と室井、そして蝙蝠の自分だけになった途端、控え室の空気が微妙に変わったことだ。

室井は暁のことが好きという点において、アルのライバルだ。他のエンバーマー、津野や小柳がいる時は抑えていても、二人きりの今は暁を見つめる視線が「好き、好き」と喋り出しそうなほど、好意があからさまだ。

暁はいつものように自分のデスクにいて、室井はソファに座っている。そこからだと、暁の後ろ姿を遠慮なく見ていられる。膝に置いた雑誌を読んでいる振りをしていても、室井の視線は少し猫背気味な暁の背中に釘付《くぎづ》けだ。

アルはザブリと水から上がり、ハンドタオルの上でゴロゴロと左右に転がった。水気

を切ってから、室井の傍に飛んでいって「ギャッギャッ」と鳴いてみる。暁を見つめられるのが嫌で、自分に注目させて気を散らせようとする作戦だったが「よしよし、気持ちよかったか」とおざなりに頭を撫でられただけ。恋する男の視線は暁に絡みついて離れない。

室井は半開きの口許をきゅっと引き締めると、ソファから立ち上がった。何かを決意した表情に、嫌な予感がした。室井は暁に何度か告白していて、そのたびにきっぱりと振られている。暁が簡単に相手を受け入れる性格でないというのは、近くにいる自分が一番よく知っているけれど、繰り返し打ち寄せる波が岩を削っていくように、頑《かたく》な心が何度目かの大波で砕かれないとも限らない。

「高塚さん」

癖のある黒髪が僅かに右に揺れる。椅子をギッと軋ませながら暁は振り返った。

「お願いがあるんです。……けど嫌だったら断ってください」

暁は怪訝《けげん》な顔で「何だ?」と問い返す。

「メイクの練習に付き合ってもらえませんか。流行の雰囲気とか、雑誌で読んだだけじゃわからない部分があるので、実際に人で試してみたいんです」

暁は「んっ」と顎を指先で押さえた。

「確か倉庫に練習用の頭部モデルがあったはずだ。取ってきてやろう」

立ち上がった暁を見て、室井の顔に動揺が走った。

「えっと……津野さんに頭部モデルがあるって話は聞いてます。けど作り物とは肌の質感が違うので、本物の方がいいのかなと思って……」

暁は室井の目を、虹彩《こうさい》の奥まで覗き込むようにじっと見つめた。緊張しているのか、室井の頬が不自然にピクピクと震える。

「……まぁいいだろう。今日は時間もあるしな。顔は貸してやるから、好きなように弄《いじ》ってみろ。後で採点してやる」

室井の表情に、安堵《あんど》と喜びがブワッと浮かび上がるのをアルは見た。さっそくご遺体の化粧や着付けをするCDCルームに行こうとした暁を「メイクだけだからここでいいです」と引き止め、室井は自分のデスクから、メイク道具を取り出した。

エンバーミングにメイクは必須だ。女性のご遺体だけでなく、男性でも血色よく見せるためにチークやファンデーションを使う。暁の手つきを見ていると、これはもうプロのメイクアップアーティストではと思うことがある。

メイク道具はセンターにも一通り揃《そろ》っている。暁はファンデーションやチークなんかはセンターのものを使うけど、ブラシ類は自分専用を揃えて持っている。手に馴染《なじ》んだものが使いやすいからな、と前に話しているのを聞いた。室井もブラシは自分で用意したらしい。

暁は椅子に腰掛け、室井は試してみたいというメイクのページを開いてデスクの上に置いた。下地が塗られはじめると、暁は上を向いたままスッと目を閉じた。

暁の睫毛は長く、鼻筋も通っている。目を閉じていても、整っていて綺麗な顔だ。そんな暁の、つるりとした肌の上を、室井の指が尾を引くように滑る。その感触を楽しんでいるみたいにやたらとゆっくりで、見ているアルはハラハラした。

これまで自分しか知らなかった、眠っている暁の顔。目を開けている時は正面から見ないのに、目を閉じた暁だったら室井は穴があくほど見つめるのだ。その視線は欲望と、切なさと、わけのわからない熱のようなものに溢《あふ》れていて、アルはいてもたってもいられなくなった。勢いをつけて暁の肩に飛び移り、牽制《けんせい》のつもりで「ギャッ！」と大声で鳴いた。

驚いた室井が「うわっ」と声をあげて体を引く。閉じられたままだった暁の目がパッと開き、肩の上のアルを横目で睨んだ。次の瞬間、鷲掴《わしづか》みにされてポンと投げられた。途中で一回転して翼を広げ、ソファの背にベタリととまる。

「うるさい、静かにしてろ！」

首を振って「ギャッギャッ」と抗議の声をあげたが、聞く耳を持ってくれない。再び暁の肩に飛び乗ると、鬱陶しそうに指先でピチピチと頭の辺りを弾《はじ》かれた。不愉快だけど、じっと我慢してしがみつく。そのうち暁も追い払うのが面倒になったのか、手を出してこなくなった。肩の上の蝙蝠は無視することに決めたらしい。

「アルって、犬並みに高塚さんに懐いてますよね」

感心したように室井が呟いても、暁は返事をしない。

「高塚さんが蝙蝠を飼う気持ち、わかる気がするな。こんなに賢かったら、飼ってて面白いんじゃないですか」

「こいつはアホだ」

「いや、賢いですって」

軽い調子の会話が続くと、室井の醸し出していた重苦しい熱量のようなものが少し薄れた。喋っていても、室井の指の動きは滑らかだ。見習いだからご遺体のメイクの経験も少ないはずなのに、指先はスイスイと動く。基本的に器用で要領がいいので、何をやらせてもそつなくこなすとみんな言っている。

「高塚さんって、肌が綺麗ですね」

無言の暁に、室井は苦笑いしていた。

「男相手に何言ってるんだって思ってますか？　けど本当のことなんで」

ベースが終わったのか、室井は目許のメイクにかかった。

「そういえば高塚さん、ハナエ・タムラに似てるって言われたことないですか？」

暁の口許が小さく「……知らんな」と動いた。

「海外で活躍していた日本人女優なんですよ。この前、出演作が放送されてたんで、録画したんです。今度持ってきますよ」

「時間の無駄だからいい。俺は映画を見ない」

暁の断り方は容赦がない。室井は口許を歪めたまま、それでも声だけは柔らかく「そうですか」と相槌《あいづち》を打った。

「ケインさんと一緒に映画を見に行ったりしないんですか?」

暁が返事をするまでに、少し間があった。

「ないな。あいつは知り合いとよく映画館に行っている。ホラーが好きみたいだな」

アルは暁の肩の上でブルブルと首を横に振った。

「へぇ……ホラー好きなんだ。意外ですね」

「あいつは怖がりなんだがな」

暁はボソリと呟いた。

「これからアイラインの微妙なところなんで、目を開けないでください」

暁の口許が、ほんの僅か笑いの形に動いた。

「俺はずっと閉じたままだろう」

「……そうでした。すみません」

瞼の際からグラデーションをつくっている室井の顔が、不自然なほど暁に近づく。その目は切なげに、緩く閉じられた唇を見つめる。暁の肩先で、精一杯睨んで牽制しても、手のひらに乗るほど小さい蝙蝠の、豆粒みたいな視線なんて気づかれない。

あと数センチでキスができる距離まで室井の顔が近づく。どこからどう見てもメイクをしている角度ではない。今の状況を暁に伝えたいのに、鳴いたら室井はきっと何事もなかったように澄ました顔をして、うるさく鳴いた自分だけが怒られるに違いなかった。

かくなる上は……アルはしがみついている暁の肩に思いきり爪をたてた。

「いいいっ、痛っ」

暁の体がビクリと大きく前後に揺れ、その拍子に至近距離にいた室井とぶつかった。二人の唇が一瞬だけ触れ合うのが見えた。

「あっ」

室井が小さく声をあげる。暁も自分の唇がぶつかったものが何かわかったらしく、眉を顰めた。

「あぁ、悪かった」

「あ、いえ。俺は……大丈夫です」

室井の頬が、心なしか色づいている。思いがけず二人のキスを手助けしてしまったことがショックでブルブルと震えるアルを暁は鷲摑みにすると、目が回るほど左右に振り回してから、デスクの引き出しに突っ込んだ。

「たっ、高塚さん」

驚いた室井の声に、暁は「……メイクを続けろ」と低く言い放った。

「ギャーッギャーッギャーッ」

アルは暗い引き出しの中で地団駄を踏んだ。

「うるさいっ！　俺がいいと言うまで黙ってろ。いいか、これから一言でも鳴いてみろ。メシ抜きにするぞ！」

非情な一言を放たれ、アルは口許を震わせながら黙るしかなかった。

「アルって、何ていうか……ユニークですよね」

キスが嬉しかったのだろう、室井の声がやけに弾んで聞こえるのが腹立たしい。

「あいつのことはどうでもいい。お前も口じゃなくて手を動かせ」

暁の一言で、室井も静かになる。しばらく控え室は沈黙していたが「できました」という室井の一言で音が戻ってきた。アルは引き出しの中で、思わず聞き耳をたててしまった。

「……いい感じに仕上がってるじゃないか。全体的に目の周辺がくどい気はするが、二十代ぐらいの女性はこういう雰囲気のメイクも多いからな」

「ちょっとやりすぎですか？」

室井が不安そうに呟く。

「アメリカだったら平均的だが、日本人は基本的に化粧が薄いからな。迷ったら、ご家族と相談してメイクの方向性を決めればいい」

少し間をおいて、室井が「アメリカか」とボソリと呟いた。

「アメリカの葬儀大学って、難しかったですか」

「授業内容よりも、英語がきつかったな。ネイティブの発音が聞き取れなくて、夢の中まで英単語に追いかけられた」

日本にもエンバーマーを養成する学校はあるけど、暁はアメリカの葬儀大学で勉強し、インターンとして働いたあとライセンスを取ったと話していた。

「向こうではカリフォルニアに住んでたんですよね。どんなところでした？」

「暑くて埃《ほこり》っぽかったな。それに、食い物が信じられんぐらいまずかった」

室井が声をたてて笑っている。

「アメリカ人の味覚は、大雑把だって聞きますね」

暁によく「お前の味覚は崩壊している」と怒られるが、室井も似た感じのことを言っている。あれは暁が大げさなんだと思っていたが、そうじゃないのかもしれないという事実に密かに衝撃を受ける。

「ピザとハンバーガーで生きてるようなもんだからな。菓子も合成着色料の砂糖漬け。小さい頃からあんなものを食って育っているから、味覚も粗雑なんだ。アルの奴《やつ》もいくら料理をしても、壊滅的にまずいものしか作らん」

「……アルって蝙蝠ですよね？」

「あっ、ああ間違えた。ケインだ」

暁の声が変に上擦った。

「蝙蝠と恋人を間違えてたら、怒られますよ」

室井の声のトーンが僅かに下がる。

「……誤解しているようだから言っておくが、あいつはただの居候だ。恋人じゃない」

二人の間に沈黙が流れる。

「ケインさんとはアメリカで知り合ったんですよね。その時も一緒に暮らしてたんですか？」

声の調子は軽いのに、緊張感が漲《みなぎ》っている。

「いいや。俺は知り合いの家に厄介になっていた」

「いいですね、向こうに知人がいるなんて」

「……最初は一人で暮らしてたんだが、隣人のトラブルに巻き込まれた。それが原因で部屋を追い出されて、知り合いの家に居候させてもらった。そこの家政婦も、陽気だが不味《まず》いものしか作らん婆《ばあ》さんで……」

プルルッという内線の呼び出し音に、暁の言葉がフッと途切れた。

「あっ、俺が出ます」

呼び出し音が消える。「はい、はい」と室井が相槌を打っているのが聞こえる。

「松村《まつむら》さんからです。高塚さんと話がしたいと言って、酒入さんという方が来ているそうです」

暁は「仕事が忙しいと言って帰してくれ」と即答した。

「……その、今日はエンバーミングが入ってないので大丈夫だろうと、先に応接室に通したそうです」

「何度も駄目だと言っているのに、本当にしつこい野郎だ」

チッと聞こえた舌打ちは、きっと暁だ。

「松村さんへの返事、どうしますか」

室井の声は当惑気味だ。

「行くと伝えてくれ。いったいどれだけ俺を苛立たせれば気がすむんだ、あの男は」

ドアが乱暴に閉まる音。暁は出ていったんだろう。酒入がわざわざセンターまで出向いてきたのは、自分の『BLOOD GIRL まひろ』続編への出演交渉に違いなかった。

ガタンと音がして、不意に周囲が明るくなった。大きな手がぬっと近づいてきて、アルを摑みあげる。室井が机から出してくれた。嬉しかったが、ライバルに救われたんだと思うと、胸中は複雑だ。室井は蝙蝠を摑んだままソファにドッと腰掛けた。

「お前も高塚さんのことが大好きなんだよな」

摑んだままのアルを顔に近づけ、喋る。正直に「ギャッ（そうだ）」と返事をした。

「俺が高塚さんといい雰囲気になると、必ず邪魔してくるもんな。……けど今日はお前のおかげでキスできた」

今日一番の失態を指摘された上に、頭を指先でグリグリと撫でられてアルは口をへの字に歪めた。

「高塚さんって、家ではどんな風なの？　ずっと否定してるけどさ、ケインって奴は高塚さんの恋人なんだろ」

「ギャッ（そうだ）」と鳴くと、アルを握り締める手の力がじわりと強くなる。

「あの二人、やってんだよな」

室井の声には、嫉妬が混じったほの暗さがある。

「お前はずっと高塚さんの傍にいるんだから、そういうのも見てるよな。生物が苦手って言ってたくせに、外国人ならOKとか反則だろ」

室井は「あーっ」と驚くぐらい大きな声をあげて、アルをポンと手放した。

「蝙蝠に愚痴るなんて最悪。俺も相当、イッちゃってるな」

頭を抱えてソファで俯く室井を、アルは横目で見下ろした。室井は暁がすごく好きなんだろうというのはわかる。だけど暁は渡せない。たとえ怒鳴られても、頭を指で弾かれ、問答無用で机の中に押し込められようとも。

暁は控え室になかなか帰ってこなかった。一時間ほど経《た》って、室井が帰り支度をはじめた五時頃にようやく戻ってきたが、その顔は室井が声をかけるのを躊躇《ためら》って口を噤《つぐ》んでしまうほど不機嫌全開だった。

暁は控え室の洗面所でバシャバシャと乱暴に顔を洗ったあと、冷凍庫の中から買い置きしていたカップのアイスクリームを取り出し、立ったまま食べはじめた。

それは少しばかり異様な光景だった。アイスを半分ほど食べたところで、暁はフッと振り返る。見習いエンバーマーが居残っていることにようやく気づいたらしく、壁の時計を横目でチラリと見上げた。

「……もう時間だろう。帰れ」

室井は「は、はい」と呟いた。

「今日はメイクの練習に付き合ってもらって、ありがとうございました」

機嫌の悪い男の傍には長くいない方がいいと判断したのか、室井は早々に帰っていった。控え室の中は暁とアルの二人きりになる。暁は無言のまま残りのアイスを黙々と食べる。甘くて美味《おい》しい物を食べているはずなのに、その顔はどこからどう見てもハッピーの匂いを感じ取れない。

アイスを食べ終わると、暁はソファにドンと腰掛け足を組み、考え込む素振りを見せた。そのままコーティングされたように動かなくなる。揺れているのは瞬《まばた》きする瞼だけ。アルは時計を見上げ、次第に落ち着かなくなってきた。

もうすぐ日が落ち、人間の姿になる。変身したら生まれたままの状態、裸だ。着替えは更衣室に置いてある。普段だったら前もって更衣室に連れていってくれるのに、今日はその気配がない。

「ギャッギャッ」

鳴いてみても、聞こえていないのか無視しているのか反応がない。アルが暁の膝にポンと乗ると、ようやくこちらを見た。

「ギャッギャッ」

暁の唇が動きかけた時、アルの体がカッと熱くなった。変身がはじまったのだ。鉤爪《かぎづめ》の小さな手足がぐんぐんと伸びて、モノクロの視界に色がつく。

燃え上がりそうなほど高くなった体温が、それが訪れた時と同じように一気に引いていく。変身が完了したアルは、暁の膝に両手をついたまま「ふうっ」と小さく息をついた。

見上げると、暁もアルを見下ろしていた。視線が合う。

「お前は……」

暁が何か言いかけたところで、内線が鳴る。のろのろと立ち上がり、暁は受話器を取った。いつになく受け答えが緩慢だ。

「あ、いや。持ってきてもらわなくても帰りに……じゃあ今から取りに行きます」

電話を切ったあと、髪を乱暴にガシガシと掻き回した暁は、しゃがみこんだままのアルに振り返った。

「受付に行ってくる。ついでに服も取ってきてやる」

終業時間になり、控え室に残っているのは自分と暁の二人だけ。ロッカールームは隣で、走ればあっという間だけど、取ってきてくれるというので、おとなしく控え室で待つことにした。

さっき暁が何か言いかけていたのが気になって仕方がない。いつもの雷が落ちるようにドーンドーンと怒る前触れとも違っていた。

ガチャリとドアの開く音がして、アルは寝そべっていたソファの上で視線だけ動かした。絶対に暁だと思っていたのにシルエットが違う。津野だ。

ソファで寝ているアルに気づかず、津野はまっすぐ自分のデスクへと向かっていった。パソコンに差しっぱなしだったＵＳＢメモリを引き抜き、振り返る。……視線がぶつかった。

「うわあああっ」

津野は大きく後ずさった。アルはソファから跳び起きて、股間を両手で隠し「ごめんなさい」と謝った。津野は胸を押さえたまま「ケっ、ケインさんっ」と震える声で呟いた。

「高塚さんが受付にいるのが見えたから、明かりはついていてもこっちには誰もいないと思って……」

津野は全裸のアルから視線を逸《そ》らして顔を右斜め上に向けたまま、悩ましげなため息をついた。

「俺は高塚さんって人がだんだんとわからなくなってきたよ……」

その一言で、津野が何を誤解しているのか察知してしまった。

「ぼくとあきら　にゃんにゃん　してない！」

津野は首を横に振った。

「……誤魔化さなくてもいいよ、ケインさん。俺も子供じゃないんだ。その……」

一呼吸置き、津野はゴホンと大きな咳払《せきばら》いをする。

「するのが悪いってわけじゃないんだ。ただ場所を選んでほしい。前にも一度、話したと思うんだけど……」

首を傾げた津野は「あっ」と小さく声をあげた。

「一緒に住んでるのにどうして職場でするんだろうって思ってたけど、もしかしてこういうシチュエーションに興奮するのかな？」

聞かれても、セックスどころかキスもまともにしていない状況で答えられるはずがない。そちらから聞いてきたくせに、津野は急に顔が真っ赤になった。

「……ごめん、変なことを聞いて。俺はもう帰るから」

津野はそそくさとドアノブに手をかけ、そして思い出したように振り返った。

「やっぱりケインさんから高塚さんに話しておいてもらえないかな。その……本当は公私の区別をつけた方がいいと思うけど、どうしてもっていうなら部屋に鍵をかけてくださいって」

言い残し、津野は控え室を出ていった。パタパタという足音が遠ざかっていく。自分と暁は付き合っていないし、現実はキスも許してもらえない片思い状態だ。それなのに津野の中では刺激を求めて所かまわず愛し合うカップルになっている。誤解をときたいが……この状況を説明するのは難しかった。

裸を見られてから五分ほどして、ようやく暁が戻ってきた。アルは服を着ながら、いっそ裸のままロッカールームへ行った方がよかったなと後悔したけれど、それも今更だった。

「あきら　いないあいだ　つの　きた」

ソファに腰掛けていた暁が首を傾げた。

「それがどうした？」

裸だったところを見られたんじゃないかと、そこまで暁の想像力は及んでいない。控え室で愛し合っていたと誤解されたと言うと「どうしてちゃんと否定しない」と確実に責められそうで、話すのはやめた。

服を整え振り返ったら「そこに座れ」と命令された。アルはおとなしく向かいに腰掛ける。暁は両腕を組んだまま、むっつりと目を閉じていた。

「酒入がセンターに来た」

アルはコクリと頷いた。

「どうしてもお前を吸血鬼ドラマの続編に出演させたいそうだ。まぁ、そのことはどうでもいい」

あんなに強固に反対していたのにどうでもいいのか？……アルは首を傾げた。

「一つ確かめておきたい。お前はアメリカに帰りたいのか？」

アルは暁の表情を窺った。機嫌がいいとも言い難いが、いつものように雷が落ちる直前の顔でもない。話を聞いてくれそうではある。

「かえりたい」

アルは膝の上で指先を所在なげにモジモジと動かした。

「パパ　ママ　かお　みたい」

短い沈黙のあと、あきらは「わかった」と呟いた。

「好きにしろ」

アルは己の耳を疑った。あの暁がドラマ出演を許可してくれた。きっと酒入が根性で説得してくれたに違いない。

「ありがとう　あきら！」

アルは正面にあるテーブルを飛び越えて暁に飛びついた。抱いた体は一瞬だけビクリと震えたものの、すぐさま頭を摑んで右へと押しのけられた。

「そのでかい図体《ずうたい》でくっつくな、鬱陶しい」

怒られて、アルは暁の足許に膝を折って座った。暁の膝に右手を置いて、ふふっと笑う。嬉しくて頰が緩んでしまう。

「かおちゃんと　メイクする」

「メイク？」

「けいさつ　つかまるない　だいじょうぶ」

「お前は何を言ってるんだ？　アメリカに帰るなら、日本のドラマに出演なんかできるわけないだろ」

黒い目を覗き込みながら、アルは確かめるようにゆっくりと問いかけた。

「アメリカかえる　ドラマろけ　だけ」

「わけがわからん。アメリカロケの部分だけドラマに出演するつもりか？」

話が噛み合っていない。互いが互いに「わかってない」という顔をしている。アルはこの誤解がどこから生じたのか、記憶を遡って考えた。アメリカに帰る……アメリカに帰る……帰る？　誤解の原因らしきものに行き当たると同時に、アルは息を呑《の》んだ。

「ぼく　アメリカかえる　けど　にほんかえる」

「お前はアメリカに帰りたいんだろう。なぜわざわざ戻ってくるんだ？」

「ぼく　すむの　にほん！」

暁の眉がぎゅっと斜めに吊《つ》り上がった。

「アメリカに帰れば、好きなだけ親の顔が見てられるじゃないか。どうやって食事の皿を確保するか、その問題さえ解決したらお前は向こうに住む方がいいに決まってる」

「だって　だって」

アルは暁の膝をぎゅっと握り締めた。

「アメリカ　あきらいない」

「当たり前だ！」

暁が怒鳴った。

「俺は日本人だからなっ」

日本人が必ず日本に住まないといけないわけではない。アメリカに住んでもいいのだ。だけどその部分を突き詰めていくと話がややこしくなりそうで、アルは聞かなかったことにした。

「ぼく　あきらすき　そばにいる」

むずかる子供のように、暁の膝をユサユサと揺さぶる。暁の口許が半開きになり、そして中途半端に引き結ばれた。

「じゃあ言ってやる。俺はお前のことが大っ嫌いだ。さっさとアメリカに帰れ！」

「うそ！」

アルは怒鳴った。

「あきら　ぼく　きらい　ない」

いつも大声で怒鳴られて、頭をぱんぱんと叩かれても、これだけは確信できる。嫌いな人間を、ずっと同じベッドに寝かせてくれる人はいない。

「うそ　いう　だめ　ぼくのハート……」

肝心な時に、目からポロポロ涙が零れるという意味の日本語が抜け落ちた。英語ではCrying だけど……思い出せない。

「ぼっ　ぼくのハート　ぬれる！」

暁の表情が些か頼りないものになり、アルから目を逸らした。

「ぬれるって、わけがわからん」

ぼやきつつ、暁は「……悪かった」と謝ってきた。それからしばらく、何も言わず互いに俯いていた。アメリカに帰国させられようとしていたことが、自分のためを思ってのことだとわかっていてもショックだった。

暁のお腹《なか》がグーグー鳴り出したので、急いで処置室の清掃をすませて二人でマンションに帰った。その夜もアルが晩ご飯を作ったけれど、いつもは五つや六つや七つは発射される文句が、その日に限って一つも出てこなかった。

暁は終始無言、不機嫌な表情でアルの作った夕食を黙々と口に運んだ。そして食後には、当たり前のように冷凍庫からアイスクリームを取り出した。

そんなやり取りがあって一週間ほど経った頃、アルはいつもの如く暁の肩に乗ってセンターに出勤した。暁が受付の若い女の子に、必要最低限、最少の挨拶をして控え室へ行こうとすると「高塚君、待ってー」と事務の松村に呼び止められた。四十代半ばには見えない、細くて若々しい松村は、このセンターの中でエンバーミング関連の事務を一手に引き受けている。

「この前、休暇希望届を出してたでしょう。大丈夫そうよ」

暁の顔に、フッと安堵の表情が浮かんだ。

「長期だったから、無理かと思ってたんだが……」

松村はパチリと可愛《かわい》いウインクをした。

「少しぐらい長い休みを取ったって、誰も文句なんか言わないわよ。高塚君は誰よりも働き者なんだから。それに去年は小柳君の奥さんのことがあって、有給休暇をほとんど使ってなかったでしょ。これを機会にうんと羽を伸ばしてくればいいのよ。……それにしても八日間のお休みなんて羨ましい。どこへ行くの？　海外？」

アルは驚いて暁を見上げた。長期の休みを取るなんて聞いてない。

「まあ、そんなところだ」

暁は否定しない。海外旅行に出かけるつもりなのだ。いつ行くんだろう？　その間、自分は家で留守番なんだろうか。たまりかねて「ギャッギャッ（暁、どこ行くの？）」と聞いてみる。

「ほら、アルも羨ましいって言ってるみたい」

松村はクスクスと笑い、暁は「じゃ」と足早に廊下を歩いた。

「ギャッギャッ（ねえねえ、どこ行くの？）」

蝙蝠の声では通じないと知りつつ、気になって聞くのをやめられない。

「うるさい、静かにしてろ。後で説明してやる」

鳴いている理由を察したらしく、怒鳴られる。アルは肩の上でシュンと頭《こうべ》を垂れた。

控え室へ入ると既に津野が出勤していて、今日のスケジュールを確認していた。

「おはようございます、高塚さん。えっと……朝一の交通外傷のご遺体、俺が受け持ってもいいですか？」

暁の首が僅かに揺れた。

「顔面損傷で、修復にかなり時間がかかるぞ」

「構いません。顔面修復って数が少ないのでやりたいんです」

「……わかった。任せる」

話をしているうちに、小柳と室井も出勤してきた。

「おっはよう、アル」

暁よりも二歳年下なのに、最近めっきり頭頂部の髪が薄くなった愛妻家の小柳は、出勤時は誰よりも先にアルに挨拶をしてくれる。アルも小柳の肉付きのいい肩まで飛んでいって「ギャッギャッ」と挨拶した。

「あっ、高塚さん。十時ぐらいに伊坂耕司《いさかこうじ》ってご遺体が来ると思うんだけど、俺が担当してもいいかな。奥さんの知り合いの旦那さんなんだ」

次々とご遺体の担当が決まってゆく。室井は時間のかかる津野の修復に助手として入った。暁は小柳に「ヘルプで手伝うぞ」と言ったけれど「いいの、いいの。時間のかかる状態じゃないし。高塚さんは休んでてよ」と断られていた。控え室の中は十時を前にして一人と一匹だけになってしまった。今日もよく晴れていたので、津野は処置室に入る前、蝙蝠の水浴びボウルを準備していってくれた。本当にまめで優しい男だ。

「おい、アル。こっちに来い」

暁は神妙な顔でソファに腰掛ける。これは真面目な話だなと、アルは向かいにあるテーブルの上にちょんとうつ伏せた。

「……三日、四日前だったか、酒入と電話で話し合った。それでいくつかの条件をつけて、お前のドラマ出演と海外ロケを許可することにした」

両方ともなくなった話だと思っていたので、正直驚いた。

「ドラマ出演は初回の一回、アメリカロケの分のみだ」

一回だけでも暁にしてはかなりの「譲歩」だ。アルは興奮して「ギャッ！」と鳴いた。

「酒入にロケは全行程六日で、準備諸々《もろもろ》があって撮影は正味三日と聞いている。そのうちお前が出演するのは夜で、一晩だけだそうだ」

ということは、出演日以外は自由に動ける。その間にネブラスカに寄れる。

「休みも取れたし、お前がアメリカロケに出かける間、俺も渡米する」

休暇は自分についてきてくれるためだったのだ。アルは嬉しさのあまり暁の胸許に飛びつき、頭をスリスリと擦りつけた。するとバリッと無造作に引き剝がされる。

「勘違いをするな。俺は好き好んでついていくわけじゃない」

暁に鷲摑みにされたまま、アルは首を傾げた。

「……やっぱりその親指の先程もない脳味噌《のうみそ》じゃ何も考えてなかったんだな。お前はパスポートを持ってないから、飛行機に乗れないじゃないか。蝙蝠として乗れたとしてもアメリカまでのフライトは時間がかかる。夜にかかったら人間に変身して、それこそ大騒ぎだ。蝙蝠のまま冷凍してアメリカに送るしか手はない。お前は凍った蝙蝠を誰に受け取ってもらい、誰に解凍してもらうつもりだったんだ！」

言われてみれば確かにその通りで反論の余地もなく、アルは力なく「キューッ」と鳴いた。コンコンと控え室のドアがノックされ「高塚君、ちょっといい？」と松村の声が聞こえた。

「あ、はい」

ドアを開けて中に入ってきた松村は「あらっ？」と周囲を見渡した。

「話し声が聞こえたから、他に誰かいるのかと思ってた」

松村の視線が、暁に鷲摑みにされているアルへとまっすぐ向けられる。

「高塚君、ひょっとしてアルと話をしてたの？」

暁は「あっ、いや……」と口ごもる。

「アメリカとか何とか聞こえてきた気がしたけど」

「その、俺が海外に行く間、留守番をするのが納得できないようで説得を……」

下手くそな嘘《うそ》をつく暁に、松村はプッと笑った。

「アルは賢い蝙蝠だけど、流石《さすが》にそれを理解しろっていうのは無理なんじゃないかしら。そう、事務室の内線の調子が悪くて来たんだけど、S医大病院からエンバーミングの依頼が来たの。ガンで亡くなった患者さんですって。受けて大丈夫かしら」

「……ああ」

「じゃあ返事をしておくわね」

松村が出ていった途端、ドアの向こうから「クックックッ」と笑い声が聞こえる。暁はチッと舌打ちして乱暴にアルを放り出すと、ソファに深く腰掛けた。

アメリカロケは十月下旬に決まった。アルは念のため、暁がアメリカに着く五日前に冷凍され、シカゴにある暁の知り合いの家へ発送されることになった。通常、個人でアメリカに冷凍で荷物を送るのは難しい。だけど小柳の実家が大手食品会社で、輸出用の飛行機の冷凍コンテナにアルは間借りさせてもらえることになった。小柳はアメリカに留学中、そのコンテナで実家から母親の手作りおかずなどを冷凍で送ってもらっていたらしい。

今回暁がアルを「日本近海でとれる珍味」と偽って「アメリカの知り合いに食べさせたいから」と冷凍での発送を頼むと、小柳は「高塚さんにはいつも世話になっているし、お安いご用ですよ」と二つ返事で引き受けてくれた。パスポートも航空券もいらず、寝ている間にアメリカに着くので人間として行き来するよりもかえって楽かもしれなかった。

人間になるのは夜だけでも、服や下着は必要だ。アルはクロゼットの中を吟味して、四、五日分の服と下着を準備した。暁に一緒に持っていってもらうのだ。鞄《かばん》に荷物をつめながら、アルは悩んだ。よくよく考えたら一年ぶりの本国。親に何かお土産を渡したいけれど、とっくに死んでいる息子からですなんて言えない。手渡すのは無理なので、玄関口にこっそりと置くことになる。ただ差出人名を書かなければ気味悪がって、捨てられてしまうかもしれない。

それでも何かあげたい。鞄の前で悶々《もんもん》と悩んでいると、暁のスマートフォンから着信音が響いた。本人はコンビニに出かけているし、何か急用だといけないと思い、スマホを手に取った。蝙蝠の時には着信があってもただ見ていることしかできないが、今は人なのでメッセージぐらい聞いて伝えられる。

「はい　たかつか　です」

『ハイ、アキラ』

何となくおかしな日本語だ。というより英語に聞こえる。アルは首を傾げた。

【久しぶりだね。この前は連絡をもらえて嬉しかったよ】

やっぱり英語だ。

【暁は今、出かけています。すぐ帰ってくると思うんですけど、伝言があるなら伝えておきましょうか】

アルが英語で返すと、相手は【おお】と驚いた声をあげた。

【ああ、すまなかった。暁じゃなかったんだね】

五十代ぐらいだろうか。柔らかくて優しそうな男の人の声だ。

【君は誰だい？】

アルは一瞬、天井を見上げた。「吸血鬼です」とは言えない。

【僕は……その、アルベルト・アーヴィングです。暁の家に居候させてもらっています】

【あの子が他人と暮らしてるだって！】

男の人が驚いたように声をあげた。そしてすぐさま【大きな声を出してすまなかったね】と謝ってくる。

【あの子が誰かと一緒に暮らすなんて想像もしてなくてね。僕はリチャードだ。リチャード・カーライル。暁が帰ってきたら僕から電話があったことだけ伝えておいてくれるかい。急ぎの用ではないので、またこちらから掛けるってね】

アルはスマホを持つ手が震えた。リチャード・カーライル……アメリカで一、二を争うほど有名な映画プロデューサーだ。そんな大物の業界人が暁に何の用なのだろう。いや、単なる同姓同名の可能性もあるけれど、気になる。

【もしかして、あなたは映画プロデューサーですか?】

アルはおそるおそる聞いてみた。

【そうだよ。ひょっとして僕のこと、暁から聞いているかな?】

アルは電話口で「Ｏｈ」と叫び、スマホを強く握り締めた。

【僕、あなたの大ファンなんです。あなたがプロデュースした映画はどれも素敵だし、俳優としてのあなたも最高でした。出演した映画『ホットビーチ』は、僕が生まれて初めて彼女と一緒に見た映画なんです。途中でポップコーンを床にばらまいちゃったんだけど、そのことにも気づかないぐらいあなたの演じるクリスに夢中でした。特に彼が大波に呑まれていくシーンが印象的で。僕は今もあの時の感動を忘れてません】

一気にまくしたて、アルはハアハアと息を切らした。言葉の先を急ぐあまり、息継ぎするのを忘れていた。

【古い作品なのに、よく覚えていてくれたね。けど本当のところをいうと、あの作品は興行収入が今一つだったんだ。それに君が感動してくれた波乗りのシーンは、プロサーファーのスタントだしね】

リチャードはやや皮肉混じりとも聞こえる口調でそう告げた。

【そんなこと関係ありません！】

アルは右手をグッと握った。

【あの感動はそれまでのクリスがあったからです。あそこでどんなに上手く波に呑まれて死んだって、クリスが主人公のために危険や偏見を顧みず、骨身を惜しまず教えたという過程がなければ、何の意味もありません。波乗りのシーンをスタントマンが演じていたとしても、あの感動を引きつれてきたのは、それまでのあなたの演技力です！】

電話の向こうから、リチャードの笑い声が聞こえた。

【僕は俳優としての評価は高くなかったが、今でも覚えてくれている人がいるのは嬉しいよ。ところで君はアメリカ人なのかな？　日本で何をしているんだい？】

……憧れのプロデューサーの前で、ほんのちょっとだけ見栄《みえ》を張ってみたくなった。

【僕はネブラスカの出身で、今は日本で俳優をしています。アメリカではチャンスがなかったけど、この国ではテレビドラマで役をもらえています】

リチャードは【面白いなぁ】と相槌を打ってきた。

【日本に目をつけるなんて、実に興味深い。僕も何人か日本人の友人はいるが、最初はミステリアスで、無口で、何を考えているかわからないと思っていたよ。だけど話をしていくうちに、優しくて、義理堅くて、とても不器用な人たちだとわかって、大好きになったんだ】

【暁がそうですよね。優しいのに無愛想で、とても気難しい。僕はいつも彼に怒られてばかりです】

電話の向こう側から【ハッハッハッ】と笑い声が響いた。

【君はとても魅力的な子だね】

ガチャンと玄関ドアの開く音がした。暁が帰ってきたのだ。家主はコンビニの袋をガサガサと揺らしながら、スマホを持っているアルをチラリと見た。

「忽滑谷か？」

アルは首を横に振った。

「じゃあホラーマニアの三谷だな」

暁にとって三谷は若手実力派俳優としてよりも、ホラーが好きという点がクローズアップされている。

「みたに　ちがう」

暁は首を傾げた。

「他に誰からお前に電話が掛かってくるんだ？　酒入か？」

その言い方は失礼じゃないかと思ったが、本当のことなので仕方ないと自分を納得させる。

「あきら　でんわ」

スマホを差し出すと「それを先に言え！」と怒られた。暁はコンビニの袋を「冷凍庫に入れておけ」とアルに押しつけて、スマホを持ったまま、まるで話を聞くなと言わんばかりの態度でベッドに移動した。

コンビニの袋には、アイスクリームが五つ入っていた。冷凍庫を開けると、そこにはまだ三つカップアイスが並んでいる。アイスが切れたら死ぬといわんばかりの確保っぷりだ。

話をしているなら、うるさくしちゃいけない。テレビをつけずにソファに寝そべってアメリカの葬祭雑誌をぱらぱら捲っていると、十分もしないうちに暁がリビングに戻ってきた。そして冷蔵庫に向かい、カップアイスを取り出すと、ソファにずしんと腰掛け、むしゃむしゃと食べはじめる。相変わらずその顔は、他の追随を許さぬ仏頂面だ。

「あきら　あいす　おいしい？」

「甘いな」

質問の答えにはなっていないが、あれこれ聞いていたら「お前には関係ないだろう」と怒られそうで「ふうん」と話を終わらせた。

「それにしても、お前がリチャードを知っていたとはな」

暁はぼそりと呟いた。

「リチャード　ゆうめい　さいのうすごい　ぼくファン　あきら　リチャードともだ

ち？」

暁の右頬がヒクリと動く。聞こえているはずなのに、無視して黙々とアイスを食べる。この様子だと、おそらく言いたくないのだ。暁はエンバーマーになるためにアメリカで数年過ごしたと話していたから、その時に出会ったのかもしれない。それにしてもリチャード・カーライルと知り合いなんて羨ましすぎる。もしこれが自分だったら、吸血鬼になっていなければ、端役でいいからプロデュースする映画に出演させてくれないかとお願いしていたに違いない。

「お前、リチャードに会いたいか？」

暁は不意に、何でもないことのように口にした。アルはゴクリと唾を飲み込む。緊張してできた間をどう解釈したのか「何だ、会いたいわけじゃないのか」と言われ、アルは慌てて「あいたい　あいたい　あいたい」とソファから腰を浮かせた。

「向こうに行った時に、紹介してやる」

自分の身に降ってわいた幸運が信じられなくて、頬をつねった。ちょっと痛い。

「あの人は忙しいから、時間があればの話だがな」

リチャードは一介の売れない役者がアポイントメントなしに会える人じゃない。プロデュース作品が全米興行収入上位は当たり前、アカデミー賞の受賞、ノミネートは数知れず。リチャードがプロデュースする映画に主役で抜擢《ばってき》されたら、その後の俳優人生は約束されたも同然と言われている。

もしリチャードに自己アピールするための時間を五分あげると言われたら、一万ドル出しても会いたいという人間が引きもきらないだろう。

映画製作について強力な権限を持つリチャードは人気、実力があるだけに恨みを買うことも多い。プロデュース映画の撮影現場に火をつけられたことや、講演会でナイフを持った男が乱入したこともある。けれどそれらは、リチャードの人気を更に裏付けただけだった。

思いがけずリチャードと接点ができそうで、妄想が加速する。暁を介して、リチャードに紹介される自分。彼はざっくばらんな性格で、自分の気の利いたトークを気に入ってくれる。アメリカでロケがあるんだと話したら【演じている君が見てみたいな】と言ってロケ現場まで来てくれる。アルの吸血鬼の演技を見て、リチャードは驚愕《きょうがく》する。

【君の演技は最高だ！　十年に一人といない貴重な逸材だ。是非とも僕がプロデュースする映画に出演してくれないか】

そんなことになったらどうしよう。昼間は蝙蝠なので、映画出演なんて無理だ。だけど夜のシーンにしか出てこない端役だったら大丈夫。万が一、出演ということになったらアメリカでの滞在期間を延ばさないといけない。いやいやよく考えろ。端役で出演といっても、すぐに撮影がはじまるわけじゃないから一度は日本に帰ることになる。そして撮影時期に改めてアメリカへ渡る。アメリカと日本を行き来するのは、やっぱり冷凍コンテナが一番いいだろう。となると向こうで誰かに自分を解凍、冷凍してもらわないといけない。自分の正体を知っても、絶対に口外しないマネージャーを雇って……。

風船のようにブワーッと大きく広がった妄想が、パンと弾けて我に返る。暁は「リチャードに時間があれば」と話していた。まだ会えるかどうかも確定していない。

気づけば、暁がいなくなっていた。アイスを食べ終えて、ベッドで横になっている。興奮した自分を落ち着かせるため、アルはシャワーを浴びた。濡《ぬ》れた体を拭ったあと、洗面所の鏡に色々な角度から自分の姿を映してみる。体型は吸血鬼になった時から変わらない。筋肉のつきが今一つだけれど、しなやかでいい体だ。自分で言うのも何だが、顔はまあまあ整っている。総合評価として、スクリーンに耐えうる容姿はしていると思う。

主役だってやれそうな気がしてきた。もやもやと妄想が止まらない。可能性に限界はないからだ。そういえば、暁は映画を見ない。室井にもそう言っていたし「映画を見てくる」と出かけたことも、パソコンやスマホでそれらしき動画を視聴している姿を見たこともない。映画にまったく興味のない暁と、映画プロデューサーのリチャード。奇妙な組み合わせだ。二人には共通する部分がない。親戚だと言われた方がまだ納得できる。いやいや、本当に親戚かもしれない。暁は日本人にしては顔の彫りが深い。両親のどちらかがアメリカ人だったとしても不思議じゃない。

アルは髪を乾かしてからベッドに近づいた。暁はベッドで寝そべって、雑誌をパラパラと捲っている。まだ眠りそうな気配はない。アメリカ行きの荷造りは明日することにして、「おじゃま　します」と隣に潜り込む。

「あきら」

名前を呼ぶと「なんだ」と活字から視線を動かさずに返事がある。

「……パパかママ　アメリカじん？」

怪訝な顔で振り返られた。

「お前は何を言ってるんだ？　どこからどう見ても俺は生粋《きっすい》の日本人だろうが」

親戚説も途絶えた。アルは自分用の枕を抱えたまま「なんでもない」と呟いた。目を閉じたけれど、リチャード・カーライルを紹介してもらえるかもしれないという期待が大きすぎて、まだまだ眠れそうもなかった。

アルが冷凍蝙蝠になるその日、午前七時過ぎと朝の早い時間に忽滑谷が部屋を訪ねてきた。旅立つ前に顔を見に来てくれたようで、アルを手のひらに乗せて頭や背中を優しく撫でてくれた。

「しばらくお別れだね。寂しくなるよ」

一生の別れではないとわかっていても、何だかアルも寂しくなってくる。

「ギャギャッギャーギャーギャッギャッ（そんな顔をしなくても、すぐ帰ってくるよ。お土産を楽しみにしてて）」

そう言ってはみたものの、悲しいかな蝙蝠の声だ。

「もういいだろう」

話をしている途中なのに、アルは暁に鷲摑みにされた。

「俺はもうじき家を出る。お前もそろそろ出勤しろ」

口にするや否や、暁は冷凍庫の扉を開け、アルをその中に放り込んだ。頭をカップアイスの角にぶつけて「ギューッ」と唸っている間に、バタンと閉じられる。途端に周囲は真っ暗。アルは冷え冷えとした冷凍庫の中でうつ伏せたまま、愕然とした。凍らされるのは仕方ないし納得しているとはいえ、これはいくら何でも乱暴すぎる。

前もって「凍るまで寒いだろうけど、我慢するんだよ」とか何とか、優しい言葉はないんだろうか。

冷気漂う冷凍庫の中で、アルは「ギャッギャッ」と抗議の声をあげた。

「暁……その、これでもう冷凍するのかい？」

忽滑谷の声が些か戸惑っているのがわかる。

「ああ。明日の午前中に小柳が引き取りに来てくれることになってる。俺が帰ってからでもいいんだが、何かトラブルがあって帰りが遅くなったら、あいつが人間化するからな。明日、蝙蝠になるのを待ってからの冷凍だと、万が一間に合わんかった時が面倒だ。半冷凍だとシャレにならん」

「あ、いや、半冷凍とかそういう意味じゃなくて、もうちょっとこう、なんて言うか、優しくしてあげたらどうかな。冷凍庫の中はとても寒いだろう。タオルを一枚いれてあげるとか」

そう、その通り。自分に対する気遣いが欲しかった。

「そんなことをしたら凍る効率が悪くなるだろう」

悲しきかな、暁はわかってない。

「そうなんだけど……ほら、僕はアルとはこれが最後になるかもしれないんだし」

アルは真っ暗な中でブルブルと震えながら、首を傾げた。これで最後なんて、変なことを言う。撮影が終わったら、帰ってくるのに。

「別れを惜しみたかったなら、もう一度冷凍庫から出してやろうか」

二人の間に沈黙が落ちる。

「……いいよ。話がしたかったら電話とかビデオ通話もあるし」

心なしか忽滑谷の声は冷ややかだ。

「見るだけでいいなら、帰りに来い。その頃には冷凍になってるからな」

暁なりに気を遣ったのかもしれないが、誰が冷凍蝙蝠の自分に会いたいというのだろう。案の定、忽滑谷は「フーッ」と悩ましげなため息をついた。

それからすぐ、二人は出かけていった。凍るためには、じっとしていた方がいいのはわかっていても、寒くて我慢できない。アルは冷凍庫の中をむやみに這い回った。昔読んだ本の中に、雪山で遭難した登山家が、雪にくるまれて眠るように死んだという話があった。自分も穏やかに凍れる気がしていたのに、現実は違う。そういえば最初に牛肉と共に凍った時も、寒くて寒くてたまらなかった。今頃になって思い出す。

ガツッと頭に何かがぶつかった。腹が立ってその硬いものを全身ではね飛ばすと、冷凍庫の壁にぶつかったのか跳ね返ってきた。何だろうと思って匂いを嗅いでみる。甘い。……暁の買い置きのカップアイスだ。

……アルは寒さに震える口許でニヤリと笑った。そして甘い匂いのするカップ四個の蓋を全てこじ開け、アイスの中に顔を突っ込んで舐《な》め回し、両方の鉤爪で引っ掻いた。こんなことをしたら暁が怒るのはわかっていたけれど、怒ったところで自分は凍っているのだから、怒鳴られても叩かれても平気だ。

デリカシーのない暁への細《ささ》やかな復讐《ふくしゅう》に夢中になっているうちに、アルはアイスに顔を突っ込んだまま、凍りついていった。

燦々《さんさん》と照りつける黄色い太陽。幹線道路沿いに植えられたパームツリー。砂浜では水着の美女が肌を焼き、波間にはサーファーが見え隠れする。空気はカラリと乾き、そして潮の匂いがする。カリフォルニアの夏は、馴染みのある内陸の夏とは違う。

焼ける浜辺をアルはゆっくりと歩いていた。頭もジリジリと熱いが、踏みしめる砂からも熱気が立ち上ってくる。次第にその熱さが耐え難いものになってきた。暑い、暑い、ゆだるように暑い。

我慢できず海に飛び込もうとした。波打ち際はすぐそこに見えているのに、歩けば歩くほど遠くなっていく。そうしているうちに周囲の気温はどんどん上がって、サーファーや水着の美女がホラー、いや世紀末映画みたいに溶けはじめた。ありえない。けどそれぐらい暑い。暑いどころじゃない。沸騰する！

「アウーッチ！」

叫び声と共に、アルはそこから飛び出していた。自分を沸騰させる強烈な日差しは消え、ガラガラガッシャンと派手な音がする。振り返った先では電子レンジが逆さまに転がり、開いたドアから仄《ほの》かに煙が出ていた。

「こっ　ここどこ」

周囲にあるのは冷蔵庫、大きな食器棚。そして中央にキッチンテーブル。シンクを見つけるや否や、駆け寄ってカランを全開にした。ジャージャーと勢いよく流れ出る水の中に頭を突っ込む。頭蓋骨の中でプチプチと音がする。……脳味噌が沸騰してるんじゃないだろうか。

【キャーッ】

絹を裂くような悲鳴に、流水から顔を上げて振り返った。ネグリジェ姿の白髪の婆さんが口を両手で押さえ、真っ青な顔で戸口に立ち尽くしている。

【どっ、泥棒ーっ!!】

婆さんがしわがれ声で叫ぶ。慌てて【僕はあやしいものじゃありません】と言い訳したが、状況的には全裸でずぶ濡れなので変質者感が満載だ。

バタバタと婆さんは走り去った。誰か呼ばれても困るけど、アルも何がどうなって今ここにいるのかわからない。確かカリフォルニアのビーチにいて……いや、カリフォルニアに行ったのは大学一年生の時に一度だけ。あれから……吸血鬼に血を吸われて自分も吸血鬼に……。

とにかくここにいるのはまずい。アルはキッチンテーブルの脇を抜けて裏口らしきドアに手をかけた。磨《す》りガラスの向こうはまだ暗い。

【動かないで！】と鋭い声が聞こえた。動きを止めたままゆっくりと振り返ると、先ほどの婆さんが両手で銃を握り締め、銃口をまっすぐこちらに向けていた。

【動いたら撃つわよ。脅しじゃない。手を頭の上に上げて】

撃たれても死なないけれど、痛い。アルは指示どおり両手を上げた。これで警察を呼ばれ、取り調べをされて、中途半端な吸血鬼だとばれてしまったら……。

【マーサ、何を騒いでいるんだ】

入口から暁が顔を覗かせる。アルは思わず「あきら　たすけて！」と叫んでいた。全裸で両手を上げているアルを見て、暁は「チッ」と舌打ちした。

【マーサ、あれは泥棒じゃない。昨日話をしただろう、俺の友人だ】

【なんですって！】

マーサと呼ばれた老婆は青い目を大きく見開き、全裸のアルをまじまじと見つめたあと、背後の暁を振り返った。

【来られるのは、明日の夜と聞いてましたが】

【予定が早まったんだ】

【ですが裸で……】

言いかけたところで、マーサはハッとした表情になり口を噤んだ。

【あぁ、そういうことですか】

マーサはようやく銃を下ろし、ネグリジェのポケットにしまった。

【こんなところで何だが、紹介しておく。友人のアルベルト・アーヴィングだ】

いきなり紹介されて、アルは動揺した。自分は全裸だ。いくら前屈《まえかが》みになっても、この恥ずかしい状況は変わらない。慌てて周囲を見渡すと、シンクの傍にキッチンペーパーがあった。それを二、三枚むしり取って股間にあて、前屈みのままで老婆に近づいた。

【こんにちは、アルベルトです】

【マーサよ、よろしく。アル、次から家の中を歩く時は、パンツを穿《は》いてちょうだいね】

老婆の口許は笑っていたが、青い目の奥は冷え冷えとしている。

【暁も暁よ。恋人にはちゃんと言っておいてくれないと】

【マーサ、あいつは恋人じゃない。友人だ】

【それでもです！　あなたが来なかったら、私は彼を撃ってしまっていたかもしれないのよ】

老婆にガミガミと叱られている。暁は一言も言い返せず、ばつの悪そうな顔で俯いていた。

【……もう時間になる。マーサ、悪いが話は後で聞くよ。アル、こっちに来い】

手招きされて、アルは暁の後について歩いた。辺りは薄暗いが、リビングらしき場所を横切っただけで、この家がどれだけ広いのか想像できた。天井のシャンデリア、ドレープをたっぷりとったカーテン、部屋のあちらこちらに飾られた大きな壺《つぼ》、足や肘掛けの細工が細かなソファ。

二階に上って一番手前にある部屋のドアを暁は開けた。

「さっさと入れ。夜が明ける」

アルが部屋に飛び込むと、ドアはすぐさまバタンと閉じられた。客室であろうそこは、日本にある暁の部屋を二つ合わせたぐらいの広さで、右にはシャワーブースとトイレがある。中央に置かれている大きなベッドは天蓋付きとゴージャス。室内は重厚なヴィクトリア調のアンティークで纏《まと》められている。

「あきら　ここどこ？」

「アメリカに決まってるだろうがっ。お前は何のために冷凍になったと思ってるんだ！」

「おきた　あつかった」

カリフォルニアで溶け出す悪夢を見るほどに。どうしてあんな夢を……アルの頭の中に、煙が出ていたレンジが過《よ》ぎった。嫌な予感がする。もしかして……もしかして……。

「ぼく　れんじで　チンした!!」

「時間がなかったからな」

悪びれた風もなく口にする。アルは両手を握り締めて「ひどい！」と叫んだ。

「ぼくの　あたま　ぐつぐつ　ゆでた」

「俺は一応、ゆるやか解凍にしてやったぞ！」

暁は腕時計を見て、チッと舌打ちした。

「もう時間がないな。蝙蝠になるまで待ってられん」

暁はベッドの上に置いてあったバッグを開けると、何か放ってよこした。Tシャツとジーンズだ。

「それを着ろ。今から空港へ行く」

早くしろと急《せ》かされて、アルはジーンズのジッパーも開いたまま廊下へ出た。間の悪いことにネグリジェ姿の老婆、マーサと鉢合わせする。慌ててジッパーを上げると、急ぎすぎた上にパンツを穿いていなかったせいで、大切な部分の端っこの皮と下の毛を盛大に巻き込んでしまった。

「アウチッ！」

痛みのあまりしゃがみこんでも「早くこっちに来い！」と急かされる。前屈みになったままマーサに苦しげな会釈をして、暁の後についていく。

広く大きなガレージには古い車や高級外車が何台も並んでいて、暁はその中からチェロキーを選んで乗り込んだ。

「フライトまで一時間半もない。ギリギリだな」

車はじわじわと明けていく夜の中を、飛ぶように走る。

「最初は凍ったまま鞄に入れていくつもりだったんだ。そっちの方が静かだしな。けど、死んだ蝙蝠ってことで手荷物検査に引っかかったら時間がかかる。どうせなら機内持ち込みのペットとして手続きした方が間違いがないと思って先に解凍したんだ。今は人でも、空港に着く頃は蝙蝠にもどって……んっ？」

暁が振り返る頃には、アルは予想通り蝙蝠に戻ってTシャツの中に埋もれていた。

「出てこい」

アルが動かないでいると、暁が乱暴に服の中をまさぐってくる。

「おいっ！」

服の中から摘《つま》み出されたアルは、両方の鉤爪で股間を押さえたまま「キューーッキューーッ」と小さく鳴いていた。

飛行機に間に合わせるために必死で、蝙蝠のことなど気にしていられないといった雰囲気の暁だったが、予約していたネブラスカ行きの便に搭乗し、シートに無事腰を落ち着けたところでようやく、ケージの中で小さく丸まって身じろぎしない蝙蝠が変だと気づいた。

最初は「腹痛か？」と言っていた暁だけれど、ケージから取り出したアルの体を鷲掴みにしてひっくり返し、ちょっぴり腫れ上がっている生殖器を見つけ「何だ、発情期か」と無神経なことを宣《のたま》った。

「ギャーッギャーッ」と抗議の声をあげると、右手の親指と人差し指で口をムッと摘まれ「うるさい！」と小声で怒鳴られた。

アルの体を眺め回していた暁は、ようやくそれに気がついた。

「何だ、ここに傷があるぞ。どうやって怪我したんだ？　間抜けな奴だな」

口を押さえられているアルに返事ができるわけがない。目だけで暁をじーっとねめつける。

「まぁ、急所だからな。痛がるのもわからんでもないが」

暁が口をあけ、白い歯がチラリと覗いた。その歯が軽く噛み締められる。片目を一瞬だけ細めた暁が次に口を開くと、薄い唇にはぷくりと血が滲んでいた。

「ほら」

鷲掴みにした蝙蝠を口許に近づける。痛いのを知って、治してくれようとしているのだ。アルは舌を突き出して、暁の唇を夢中で舐めた。あそこの痛みがみるみる引いていく。

「ギャッ（ありがとう）」

お礼を言って、暁の頬に鼻先をスンスンと擦りつけた。暁はくすぐったそうな顔をしたあと、鷲掴みにしたアルを肩に乗せ、フーッと息をついた。

レンジで解凍されたり、いきなりあそこを怪我したりとゆっくり考えている余裕がなかったけれど、自分は今、シカゴからネブラスカに飛行機で向かっている。

アルは撮影日の前二日、後にも数日空きがあり、そのどちらで両親に会いに行くか迷ったが撮影が押す可能性もあるので、確実に会える前二日でネブラスカに行くと決めた。ネブラスカに行くのはいいが、それはそれで問題が山積みだった。蝙蝠の昼間のうちに飛んでも、日帰りは無理。夜になったら人なので、着替えも必要になる。だけど蝙蝠の姿で、着替えを背負って飛ぶなんてことができるはずもない。アルが悶々と悩んでいると、暁が飛行機に乗せて連れていってやると言ってくれたのだ。

よくよく考えたら、自分を解凍するために一緒にアメリカに来てくれて、里帰りにも付き合ってくれる。全部自分のためだ。扱いが粗雑だし、口が悪いからついつい誤解してしまうが、こんなに親切な人はいないんじゃないだろうか。

暁はうとうとと眠りはじめた。綺麗で、そして少し疲れたような横顔をじっと見つめる。冷凍牛肉に交じって日本へ輸出されてしまった時はどうなるかと思ったけれど、きっとそれも暁に会うための運命だったのだ。

ふとアルは背後に視線を感じた。さっきから通路に人が立っていることには気づいていた。蝙蝠が飛行機に乗っていて物珍しいのかもしれないが、気配はなかなか立ち去らない。

【アル？】

名前を呼ばれて振り返る。闇の色の髪に、闇の色を映す瞳。端整で優しげな顔立ち。柔らかい口調。忘れるはずもない。

【やっぱりアルだ、久しぶりだね。こんなところで会えるなんて思いもしなかったよ】

キエフは小さな声で語りかけてきた。

アルが吸血鬼になってすぐ、生活もままならない頃にアパートの手配などあれこれ世話をしてくれたのがキエフだ。キエフはアルと違って完全な吸血鬼で、その頃既に数百年の時を生きていた。そんな頼りになる親切なキエフは、ある日忽然《こつぜん》と姿を消した。吸血鬼は吸血鬼になった時のまま、永遠に容姿が変わらない。そのため十年ごとに住まいを変えると話には聞いていたものの、何の前触れもなく、それこそ消え失《う》せるようにいなくなるなんて思わなかった。

懐かしくてたまらないし、アルも色々と話したいことがあるのに、蝙蝠のままでは「ギャッギャッ」としか言えない。

キエフは暁の顔をチラリと横目で見た。

【こちらへ来ないか、アル】

手を差し出される。自分から伝えることはできなくても、キエフの話を聞くことはできる。暁は寝ているし、それなら……とひょいとその手に飛び移った。キエフからは、甘い花とほんのり血の香りがした。飛行機の後方は前方と比べて座席が空《す》いていて、そのうちの一つにキエフは腰を下ろした。人から離れたのは、蝙蝠と話をしている人間なんてどう考えてもおかしいからだ。……暁はそういうことをあまり気にしないけれども。

【今までどこにいたんだい？ 随分と心配したんだよ】

頭を撫でられてアルは「ギャーッ」と小さく鳴いた。話したいのに、話せないことがどうにももどかしい。

【数年経ってアパートに寄ってみたら君はいないし、誰も行方を知らなかった。けどまあ元気そうでよかったよ。毛艶もいいし、ちゃんと食事もできてるようだね】

アルはコクリと頷いた。キエフは暁の座っている辺りにチラリと視線をやった。

【君が一緒にいた彼、あれは何なんだい？ ……人間なのに血と薬の匂いがする。医者かな？】

アルは首を横に振った。キエフが声を潜める。

【殺し屋って感じでもなかったけど……】

アルは激しく首を横に振った。

【よくわからないな。君が人に戻るまで待たないと無理か】

フワッと、もっと強い花の香りがしてアルが顔を上げると、通路の先方に美女が立っていた。歳《とし》は二十代前半ぐらい。明るい色の髪は高い位置で纏められ、睫毛がとても長い。目は髪と同じ明るい色で、大きい。唇は細身の体とは対照的にふっくらとしている。カットソーの胸許は大きく開き、スカートはアルがドキドキして思わず目を逸らしてしまうほど短い。

【いつまで経っても席に戻ってこないと思ったら、こんなところにいた】

【あぁ、ごめん】

キエフは彼女に向かってにっこりと笑いかける。恋人だろうか。キエフが選ぶ相手は端整で優しい本人の佇《たたず》まいに似合わず、派手な雰囲気の人が多かった。自称モデルもいたし、ダンサーやコールガールもいた。それとなくタイプを聞いてみたこともあるが、その時は「僕は美しい花のような女性が好きなんだ」と笑っていた。

【私のパパに会うのが嫌で、逃げ出したのかと思った】

彼女がため息をつく。

【そんなわけないじゃないか】

【そう？　でもあまり乗り気じゃなかったよね。パパに紹介するからって深刻に捉えないで。結婚してほしいとか、そういうわけじゃないから】

【わかっているよ、ジャスティン】

キエフは彼女、ジャスティンの手を握り締める。彼氏を見つめていた、長い睫毛に縁取られた明るい瞳が、アルを映した。途端、その目を細め、キエフの手の上にいる蝙蝠を胡散臭《うさんくさ》げに見下ろす。

【その蝙蝠、何なの？】

【頼みがあるんだ、ジャスティン。僕の隣に座ってくれないか】

【……いいけど、蝙蝠は大丈夫？　暴れたりしない？】

【おとなしい子だからね】

キエフの隣に、ジャスティンが腰掛ける。キエフは左手で恋人の頬に触れ、軽くキスをした。

【君のこと、心から愛しているよ】

【知ってる】

ジャスティンははにかんだ表情で笑う。笑顔が可愛い。派手な外見とはうらはらに、シャイなのかもしれない。

【けどね、長く付き合いすぎた。ここで終わりにしよう】

驚いた表情のジャスティンの額にキエフが指先で触れた。ジャスティンがスッと目を閉じ、表情から緊張感が抜けていく。そして次に目を開けた時には、キエフを怪訝な表情で一瞥《いちべつ》したあと何も言わずに席を立ち、前方へと戻っていった。

「記憶操作だ」とアルは確信した。キエフがそれを他人に施すのを何度も見たことがある。触れた指先から記憶を吸い取られた人たちは、それまでの親密さが嘘のようにキエフを忘れていく。きっとジャスティンの中にキエフの記憶は断片も残ってない。そうやって誰の記憶にも残らず、吸血鬼は忘れ去られて生きていくのだ。

【独占欲は強いけど、いい子だったんだ。ただもう潮時でね】

キエフは名残惜しげにジャスティンの背中を見送る。忘れていく人々よりも、後に残されていくキエフの方が、いつも寂しげに見える。彼女と入れ替わるようにして、暁が近づいてくるのが見えた。寝起きで眉間に皺《しわ》を寄せた、果てしなく不機嫌な顔。ひょっとして寝ている間に自分がいなくなったことに気づいて、捜しに来てくれたのかと思ったが、暁はキエフの横をスッと行きすぎて、後方のレストルームへ入っていった。

【君のパートナーの彼、綺麗な顔をしているね】

キエフがアルに囁《ささや》いた。

【……昔、撮影所で裏方の仕事をしていた時に、彼に似た女優を見たことがあるよ。ハナエ・タムラだったかな。日本人で、背は低かったけれど大きな目が魅力的で美しい人だった。演技も上手かったしね】

【ちょっと失礼】

背後から暁の声がした。キエフが振り返る。

【あなたの手の上にいるそれは、俺の蝙蝠じゃないですか?】

キエフはにっこりと微笑んだ。

【あぁ、ごめんね、とても可愛い蝙蝠が退屈そうにしてたから、つい連れてきちゃったんだ】

暁はどうにも不可解だといった顔をしている。

【アル、来い】

呼ばれたので、アルが振り返ると、アルはご主人様の肩にとまった。暁はキエフにそっけなく背中を向ける。アルが振り返ると、キエフは【またね】とウインクをした。

席に戻った途端、暁に「知らない人間にホイホイついていくな!」と叱られ、しゅんと俯いた。知り合いなんだと説明したいが、今は無理だ。

「それにしても、蝙蝠が可愛いなんて物好きな奴もいたもんだ」

自分のことを盛大に棚に上げ、暁はボソリと呟いた。

暁は4ランナー《フォー》のハンドルを握り、口をムッと閉じたままこのあと数マイルは同じ風景が続くであろう道を黙々と運転している。肩にはアル、助手席にはキエフがおさまっ

ている。

　空港でレンタカーを借り、いざ車に乗ろうとした暁にキエフが声をかけてきた。傍に来るまで、アルもその存在に気づかなかった。

【ハイ！】

　小さなボストンバッグを手にしたキエフに、暁は【ハイ】と消極的に答える。

【飛行機の中でも話したよね。どこへ行くの？】

　アルの実家は、ネブラスカ州の最大都市、オマハから二百五十マイル（約四百二キロ）ほど西に行ったスモールタウンだ。町はずれにスーパーマーケットができたせいで、中心街は寂れる一方になっている。暁がアルの実家がある町の名前を告げると、キエフは【なんという偶然】と手をパンと叩いた。

【実は僕もそこに住んでいる知り合いの家へ行く予定だったんだ。レンタカーかバスでと思ってたけど、どうやら財布を落としてしまったみたいで。申し訳ないが、一緒に乗せていってもらえないかな】

　暁は胡散臭い奴だなとでも言いたげな目でキエフを見ている。

【後ろのトランクでもいいからお願いできないかな】

【本当にトランクでいいのか？】

　暁の顔は真剣だ。キエフは一瞬だけ戸惑う表情を浮かべたものの、数秒後には大爆笑していた。

【ああ、トランクでもいいよ】

キエフがOKのサインで親指を突き出すと、暁は【冗談だ】と眉を顰めた。

【飛行機で二言三言かわしただけなのに随分と厚かましいと思ったが、ここはアメリカだったな。……乗せてやるから、好きな場所で降りろ】

【ありがとう。僕の名前はキエフだ。君は？】

差し出してきたキエフの右手をおざなりに握って、暁は自分の名前を告げる。キエフはアルに向かってこっそりウインクしてから、助手席に乗り込んだ。

【君って変わってるね】

暁に向かって、キエフは早速話しかけた。

【とてもユニークだよ、気に入った。君はアジア系かな？　ネイティブではなさそうだけど、英語の発音がとてもいいね。出身はどこだい？】

暁は前を向いたまま【日本】と答えた。

【こっちに住んでるの？】

【アメリカには観光で来たんだ】

へぇ……と意外そうに呟き、キエフは軽く肩を竦めた。暁は車のエンジンをかけ、道路へと走り出す。空港の近くにはスーパーマーケットや家がぽつ、ぽつと点在していたけれど、それも数マイルも行かないうちに消え、視界の先の先までなだらかな丘陵の広々とした牧草地になる。

【観光ならシカゴ、LA《ロサンゼルス》、NY《ニューヨーク》、ラスベガス……魅力的な街は他にも沢山あるのに、どうしてネブラスカのスモールタウンなんだい？】

【用があるからだ】

【さっきは観光って言っただろう？】

【用はあるが、俺は関係ない。関係ないのにわざわざ出向くのも腹立たしいから、自分なりに『観光』という理由をつくって脳に言い聞かせてる。平原と牛しかない、百年前も百年後も代わりばえのしないだろう景色を眺めながらな】

暁の譬《たと》えは時々わかりにくい。案の定、キエフも首を傾げている。ただ深く追求するつもりもなかったのか【じゃあ観光でいいよ】とあっさり引き下がった。

【ところでアキラは何の仕事をしているの？】

【エンバーマーだ】

キエフがヒュッと短く口笛を吹き、チラリとアルに目くばせした。

【ふーん、クールだね】

【……最初に言っておくが、俺がこの世で一番嫌いなものは、英語とお喋りな男とアメリカンジョークだ】

　強烈に牽制されたキエフは、やれやれといった表情で息をつくと、助手席のシートに深く腰を沈めた。

　しばらくすると、暁はシャツの胸ポケットからサングラスを取り出してかけた。太陽の方角に向かってしまったのか、日差しがきつくなっていた。暁のサングラス姿は見たこともなかったが、顔の彫りが深いので似合っている。

【その蝙蝠、いつから飼ってるんだい？】

暁は【お喋りな男は嫌いだと言ったはずだが】と低く告げる。

【さっき話をしてから、もう十五分経ってるよ。これをお喋りとは言わないと思うけど】

　キエフが一枚上手《うわて》。暁は【一年前】とそっけなく告げた。

【次は十五分後だ】

　先手を打った暁に、キエフは【OK、OK。十五分後ね】と呟き、クスクス笑う。暁の肩から苛立ってピリピリした雰囲気が自分の手足にも伝わってくるのが、アルは何とも言えず怖かった。

　キエフがなぜ一緒に飛行機に乗っていた恋人と別れ、些か強引に暁の車に乗り込んだのか。それは人間に戻った自分と話をするためなんじゃないだろうか。アルも積もる話はあるけれど蝙蝠なので、今の状況や、暁が自分のことをどれだけ知っているのかをキエフに伝えられない。だからキエフも当たり障りのないことしか聞けないのだ。

「んっ?」

暁がバックミラーを覗き込んで、目を細めた。

「やけに飛ばしているな」

対向車も滅多にいないハイウェイで、背後から猛スピードで濃い色のブロンコが近づいてくる。その姿はほんの数秒で間近に迫り、こちらの車を追い抜こうと隣に並んだ。

「おい、冗談だろう。前を見ているのか」

暁が吐き捨てる。こんな時に限って、滅多に来ない対向車が向かってきた。しかも隣のブロンコは速度を緩める気配がない。このまま走れば、間違いなく正面衝突だ。暁は「くっ」と小さく呻《うめ》き、ブレーキに足をかけた。急ブレーキに近かったので、反動で二人と一匹の体がガクガクと左右に揺れる。ブロンコは前から来る車と衝突する直前で暁の車の前に出た。そのまま猛スピードで加速をつけ、遠くなっていく。

遠くなるブロンコに向かって「くそったれ」と怒鳴りつけた暁に、日本語のわからないキエフは首を傾げていた。

それからほどなくして、遠くからパーンパーンパーンと銃声のようなものが微かに聞こえた。ハンドルを持つ暁の手がビクリと震える。

【大丈夫だよ。あれはきっと……標識か何か撃ち抜いたんじゃないかな。この辺の道は

単調で退屈だからさ】

キエフがのんびりと欠伸する。暁は無言のまま、ただまっすぐ前を見つめていた。ほどなく、道路の左側にザルの如く穴があいている標識を見つけた。ハイウェイに限らず、射撃の的にするのか、それとも腹いせか、標識は撃たれた穴があいていることが多いが、それにしても何の表示かわからないほどというのは酷かった。

それからは危険な運転をする無謀な車に出会うこともなく、二時間ほど牧草地の間を抜ける道を走った。そのうちに速度を落とすよう標識が出て、またぽつ、ぽつと家が見えはじめる。小さな町に入ったらしい。

【キエフ、腹は減ってないか】

珍しいことに、暁から声をかけている。

【大丈夫だけど、君が何か食べたいなら食堂に寄っていいよ】

【遠慮しなくてもいいぞ。着くまでしばらく時間がかかるし、どうせコーラにサンドイッチだ】

財布を落としたというキエフの言葉を信じて、腹を空かせていたら可哀想《かわいそう》だと暁なりに気を遣っているのだ。

【実はダイエット中なんだ】

自分と同じ、血しか飲まないキエフは遠慮している。

【俺はジョークは嫌いだと言ったはずだ】

【あ、いやジョークじゃないんだけど】

二人が話をしているうちに、左手に雑貨屋の看板が見えてきたので、アルは「ギャッギャッ」と鳴いて教える。暁は「あそこでいいか」と呟いて店の前に乗りつけ、チッと舌打ちした。

砂利の駐車場には、暁の4ランナーに無茶な追い越しをかけてきたブロンコが止まっていた。どうやら奴もこのへんで休憩……ということらしい。

暁が車を降りると、キエフもついてきた。そんなキエフをチラリと見て、暁はやっぱり来るんじゃないかと言わんばかりにフンッと鼻を鳴らし、先に立って店のドアを開けた。

中は田舎の典型的な雑貨屋だった。スーパーほど大きくもなく、街のコンビニほど洗練されていない。暁は右手の、菓子やちょっとした果物を置いてある場所に行こうとして、フッと振り返った。その瞬間、暁の体が石のように硬くなったのが、肩の上に乗っていたアルにもわかった。

【動くんじゃねえっ、両手を上げろ!】

レジの向こうに、男がいた。Tシャツを着た白人で、歳は二十代半ば。くすんだ明るい色の髪に無精ひげ、そしてどことなく濁った目をしている。男は店番だろう白髪の老婆を背後からはがいじめにし、頭に拳銃を突きつけていた。

よりにもよって自分たちは、強盗の瞬間に出くわしてしまったのだ。老婆は、皺だらけの顔をワナワナと震わせながら【命だけは……命だけは……】と繰り返している。

【一歩でも動いてみろ！　このババアのド頭をブチ抜くぞっ！　そこのお前もだ】

男は威嚇するように暁からキエフと順番に照準を定めた。二人とも動かなかったので、こちらに向かってくる気配がないと判断したのだろう、男は老婆の襟首を摑んだままレジの中を物色しはじめた。現金を鷲摑みにして、ジーンズの尻ポケットに押し込む。こういう拳銃を持った強盗の場合、下手に抵抗してはいけない。撃たれて死んだら元も子もないからだ。……吸血鬼の自分とキエフはともかく、普通の人間の暁は……。

男の意識がレジの金に集中しているその時、反旗を翻したのは暁でもキエフでもアルでもなく、白髪の老婆だった。老婆は襟首を摑んだ男の手を思いきり引っ搔いたのだ。

【いっ、痛《い》ってえええっ】

男が手を離したその瞬間、老婆はレジ脇から店の通路へと飛び出した。けれど恐怖で足許がふらついていたのか、出入口のドアに向かう途中、暁の前でばったりと倒れた。

【このっ、クソババアぁっ！】

男が左手に金を摑んだまま、銃口を白髪の頭に向ける。すると暁がその前に出てしゃがみ込み、老婆を庇《かば》った。

【どけっ、お前も殺すぞっ】

男に脅されても、暁は老婆の前をどかない。これはまずい。アルは暁の肩からバッと飛び立ち、犯人の右手……拳銃を持ったその手に飛びついた。

【うわっ】

驚いた男の手から拳銃が落ちた。やった。

【なっ、何だこいつはっ……】

男が右手を乱暴に振り回す。深く爪をたてていたにもかかわらず、アルは遠心力に負けて振り飛ばされた。男に再び拳銃を拾われてしまう。パンッと乾いた銃声が店内に響いた。

【ちきしょうおおっ】

男は飛び回るアルに向かってパンッともう一発撃つ。銃弾はアルの右耳をヒュッと掠《かす》めていった。

「おいっ、やめろ。蝙蝠を撃つなっ！」

暁が叫ぶ。アルが天井を飛び回ると、パンッと続けてもう一発。これも空振り。犯人が自分に気をとられているうちに、みんなが逃げれば……と思っていた。暁はアルの意図を察したのか店を出ようとしていたけれど、肝心の老婆がうずくまったまま動かない。恐怖のせいなのか、気を失ってしまっている。

男がアルを狙うのをやめ、座り込んでいる暁に再び銃口を合わせた。暁は命乞いをすることもなく、男を睨み返している。男が笑うように口角をクッと引き上げた。

暁が撃たれる!! アルは直感した。

【ちょっと待ってもらってもいいかな】

それまで黙って事の成り行きを見ていたキエフが、両手を上げた状態のまま男に歩み寄った。

【ちっ、近づいてくるなっ】

銃口の脅威をものともしない堂々とした態度に、男の方が後ずさる。

【そんなに怖がらなくても、何も持ってないよ】

キエフの口調は軽やかだ。

【おいっ、馬鹿なことはやめろっ】

キエフは暁を振り返ってニッコリ微笑むと、男に向き直った。

【強盗で刑務所入るなんて時間の無駄だよ。まだ若いんだから、人生をもっと有意義に使ったらどうだい。人の一生は君が想像するよりも遥《はる》かに短いよ】

【死にたくなかったら黙ってろ】

男の手がトリガーにかかった。

「逃げろっ!」

暁が叫んだのは日本語だった。キエフは首を傾げる。

【撃ってごらんよ】

男は強張《こわば》った表情のままトリガーを引いた。パンッと音がして、キエフの額に銃弾が命中する。

衝撃で頭が大きく背後に反り返り、血が飛び散る。けれどその血は四方に飛散したかと思うと、白っぽい埃になって、消えていった。

キエフは倒れることもなく、額に穴があいたまま笑みを浮かべた。

【ひいいいいいっ】

顔を歪めて男が叫び、何発も何発も銃弾を撃ち込んだ。そのたびにキエフはガクッ、ガクッと揺れるものの倒れはせず、四散する血はまるで霧のようにキエフの周囲を躍った。

カチ、カチと銃が空撃ちをはじめる。銃弾を使いきったのだ。男は狭いレジの中で後ずさり、背後の壁に背中をつけた。

銃創で穴だらけになったキエフの傷口が、異様な動きを見せた。皮膚がまるで生き物みたいに大きくうねり、肉がめり込んだ銃弾を押し出しはじめる。カンッ、カンッ……と床の上に潰れた弾丸が転がる。

【ばっ、ばっ、化け物！　化け物だああっ】

キエフは四フィート（一・二メートル）はあるレジカウンターをひょいと跨《また》ぎ、目を大きく見開いてブルブル震えている男の額にスッと人差し指をあてた。恐怖に歪んだ男の顔から表情が消え、ガクリと膝が折れたかと思うと、まるで死んだようにコトリと床に寝転がった。

キエフは店の中にあったレトロな電話の受話器を取った。

【警察ですか？　雑貨屋に来たら人が倒れてたんです。二人とも気を失っていて、どういう状況なのかよくわからなくて。……ええ、ええ怪我はないようなんですけど。一人は男で、銃を持っています。ええ、気を失ったままですけどね……住所ですか？　ええと僕は車で通りかかっただけだからなぁ。あっ、これかな？】

ショップカードに載っていた住所を告げて電話を切ると、キエフは手近にあったタオルで男の手足を縛り上げた。

【さぁて、事情聴取なんて面倒なことになる前に行こうか】

【二人をこのまま残しては行けない。それにこの婆さんが……】

キエフは暁の背後に横たわる老婆の傍に屈み込んだ。

【気を失っているだけだから、大丈夫。向こうの男は、次に誰かが触れない限り目を覚まさないようにしてある。後は警察のお仕事だ。ここに残っていたところで、僕はこの状況を上手く警察に説明する自信がなくてね。……早く行こう】

キエフに促され、暁も店を出た。銃声が何発も鳴り響いたはずなのに、家と家の距離が遠いので聞こえなかったのか、様子を窺いに来る人もいない。

暁は納得のいかない表情のまま車を出す。そして三分も走らないうちにファンファンと音をたてる警察車両が対向車線から走ってきて、すれ違った。

【キエフ、お前はいったい何者なんだ？】

暁が神妙な顔で呟いた。

【撃たれても死なない僕を見ても、君は驚かなかった。アルのことも知ってるんだろう。それなら僕が何者か、予測はついてるんじゃないか】

一呼吸置いて、暁は聞いた。

【……お前も吸血鬼なのか？】

【残念。僕は狼男《おおかみおとこ》の方なんだ】

暁は【そうか】と前を向いた。アルは「ギャッ、ギャッ（違う、違う）」と鳴いてみたが、暁に「うるさいっ」と怒鳴られてしゅんと俯いた。途端、キエフが笑い出した。

【ごめん、ごめん。本当は吸血鬼なんだ】

暁はムッと眉を顰め【どっちでもいい】と吐き捨てた。

【どっちでもいいだって？　全然違うじゃないか】

【どこが違うっていうんだ。狼になるか蝙蝠になるかの違いだけだろう。どっちもどっ

ちだし、俺には関係ないっ】

キエフは【ふーん】と相槌を打つと、正面に向き直り顎を押さえた。

【どうしてお前は撃たれても平気なんだ？　しかも痛がってない】

キエフを見ずに、暁は問いかける。

【そりゃ吸血鬼だからね】

【アルは大怪我をしたらのたうち回って痛がるし、血を飲ませてやらないと治らんぞ】

【アルは特別なんだよ。何百年もお仲間の吸血鬼を見てきたけれど、アルみたいな中途半端なパターンは僕も初めてだ。吸血鬼化できる条件をギリギリ満たしたタイプなんだろうね。もう少し血の吸われ方が甘かったら、人のまま死んでいたのかもしれない】

死ぬ……と言われて、アルは考えた。自分は死んでいた方がよかったんだろうか。ギャディスの傍で、獣の血をすっていた時は惨めだった。あの時なら死んでもいいと思ったかもしれないが今は違う。

【吸血鬼ってのはそんなに沢山、世の中にいるのか？】

キエフは【どうかなぁ？】と首を傾げる。

【僕がここ百年で新しく会った吸血鬼は、五人かな。二十年に一人だね】

【お前たちは群れて生活しないのか？】

キエフは不意に黙り込んだ。暁はしばらく前を向いて運転していたが、そのうち我慢しきれなくなったのか【人が聞いているだろう。無視するな！】と声を荒らげた。

【あ、いや……会話は十五分に一回だけだっていうのを思い出したんだ。お喋りな男は嫌いなんだろう】

昔からキエフはこういったジョークが好きだった。それはそれで面白いけれど、暁には通じない。キエフに暁をからかわないよう注意したいのに、できるのは「ギャッギャッ」と鳴くことだけ。

「うるさい、黙れ！」

肩にいたアルを摑んで後部座席に投げつけたあと、暁は道路を外れて朽ちた家の前にある砂利道へと車を乗り入れ、エンジンを切った。

【人が真剣な話をしている時に、揚げ足を取るな！】

指をさして怒鳴る暁に、キエフは【おお、怖っ】と両手を小さく上げた。

【クールなのかと思ったら、意外に熱いね】

【俺のことはどうでもいい。質問に答えろ！】

【そんなに怒らなくても……。僕らは群れて生活しないよ、蝙蝠じゃないんだから。その必要もないしね】

【けどあいつは蝙蝠になるぞ！】

ビシッと指でさされて、後部座席で大人しくしていたアルはビクリと震えた。

【昼間は蝙蝠、夜だけ人間になるアルの方が特別なんだよ。普通の吸血鬼は人でも蝙蝠でも自由に形を変えられるから】

言い終わらないうちにキエフの体がゆらりと揺れた。全身の輪郭が曖昧になったかと思うと、人の姿が煙のように消え、ものの数秒も経たぬうちに蝙蝠に変化した。暁は着ていた服に埋もれる蝙蝠のキエフを、瞬きもせずに凝視している。

「ギャッギャッ」

蝙蝠の声で鳴くと、キエフは後部座席に飛んできた。アルの隣に並ぶ。蝙蝠の見た目はほとんど同じだけれど、キエフの方がアルよりももう少し黒かったはずだ。

「ギャッギャッ（アキラって、面白いな）」

キエフが話しかけてくる。

「ギャッギャッ（真面目なんだ、からかわないでよ）」

ギャッギャッ話をしていると、暁が頭を抱えたまま小さく呻いた。

【……よくわかった。わかったから……キエフ、人に戻れ】

キエフは助手席に行き、アルが変身する何倍もの速さで人に戻った。蝙蝠、人と自由に変化はできても、服までは自動で着られない。キエフは生まれたままの姿で、腰の下でクシャクシャになっている服を引っぱり出した。

【……悪夢を見ているかと思った……】

暁はぽつりと呟いた。

【吸血蝙蝠が二匹になったから？】

キエフが下着をつけ、ズボンを穿いていた時、コンコンと運転席の窓をノックする音が聞こえた。ベースボールキャップにチェックのシャツ、どこからどう見ても田舎の牧場の爺《じい》さんといった雰囲気の男が、車の中をじっと覗き込んでいる。暁はサイドガラスを下げた。

【モーテルへ行きな。ここは子供も通るんでね】

最初、何を言われたのかわからなかったのか暁は首を傾げていたが、裸のキエフを見て爺さんの勘違いに気づいたようだった。

【俺たちはここでセックスしていたわけじゃない】

【じゃあどうして隣の男は服を着てないんだ。車の中で日光浴でもしてたのか？　さっさと車を出してモーテルか別の場所に行け。次に回ってきた時にもまだいたら、警察を呼ぶぞ】

【俺は違う、ゲイじゃない！】

【あんたがゲイかどうかなんて関係ない。こっからいなくなってくれりゃ、俺はそれでいいんだよ。ほら、さっさと行きな】

車内で愛し合っていたという疑惑が晴れないことが、暁はとてつもなく不本意そうだったものの、しぶしぶ車のエンジンをかけた。疾走する車の中で服を着直したキエフは【いやあ、面白い】と満足そうに目を細めた。

【吸血鬼は永遠に死なない。銀の杭《くい》を胸に打ち込まれない限り、未来の時間は永遠だ。けどね、正直言うと退屈なんだよ。とても退屈なんだ。アキラ、君はとても面白い。実に面白いよ。おかげで当分、退屈せずにすみそうだ】

モーテルにチェックインしたのは、午後四時過ぎ。暁とアルはツインで、キエフはシングルの部屋をとった。

部屋は狭く、ベッドにはキルトのベッドカバーがかかり、天井からはテレビがつり下げられている。リモコンは微妙に使いづらく、おまけに電池が切れかかっているのか何回も押さないとチャンネルは替わらない。清潔ではあるが、必要最低限のものだけが揃った古いタイプのモーテルだ。

暁は部屋に入るなり、ベッドにゴロリと転がった。そしてレンタカーのキーをサイドテーブルの上に置く。

「後はお前の好きにしろ。車を使ってもいいが、警察には捕まるなよ」

それだけ告げると、暁は目を閉じた。長時間のドライブで疲れているんだろう。ここはもう自分が住んでいた町の中。自由にさせてもらえるのは嬉しいけれど、日が落ちて人になるまで何もできない。アルはちょっと外が見てみたくなった。くしゃくしゃの髪の近くに飛び降りて、鼻先で頬をツンツンとつついて暁の目を覚まさせる。

「……何だ？」

窓へと飛んで、ガラスをカリカリと掻き「ギャッ（ここ、開けて）」とお願いする。ジェスチャーで伝わったようで、窓を二インチ（約五センチメートル）ほど開けてくれる。アルは勢いよく外へと飛び出した。

見慣れた町を端から端まで飛んでみる。ちょっと埃っぽいメインストリート、雑貨屋やどこにでもあるパブ、古びた本屋が、昔のままの佇まいでそこにある。

四ブロックにわたるメインストリートは、道の中央にアングル・パーキングがある。昔……もう十年以上前、高校生の頃に車でこの周辺をぐるぐる回っていた。特に目的もなく車を走らせて、女の子に声をかけて……田舎では車と女の子の他に娯楽もなかった。高校を卒業してからアルはネブラスカの最大都市、オマハにある地方大学へ通いはじめた。モデル事務所に登録したり、遊んだりと自分のことに夢中で、家に帰ることはほとんどなかった。

メインストリートを右に折れると薬局があり、その奥にエレメンタリースクールが見える。アルも通ったエレメンタリースクールだ。そこを越えてもう少し行くと、大きな川がある。クリップリバーと呼ばれるその川の上流で、父親と魚釣りをしたことを思い出した。

小さな町を一回りする頃には辺りが薄暗くなってきたので、アルは急いでモーテルに戻った。暁は完全に寝入ってしまい、ベッドの上で横になったままピクリとも動かない。枕許に着地して、じりじりと顔に近づいた。暁はサングラスを外さず横になったので、黒いレイバンが鼻先までずれている。間抜けな顔がちょっと可愛い。

寝顔を見ているうちに、たまらなく愛《いと》しくなってくる。アメリカまでついてきて、面倒を見てくれる優しい、優しい暁。アルは蝙蝠のまま、暁の唇にチュッチュッとキスをした。ふと暁と室井がキスした場面が頭に浮かんできて、今頃になって猛烈に腹立たしくなってくる。むきになってチュッチュッと繰り返していると、手の甲でパシンと弾かれてシーツの上を三回転した。

キスが嫌ではねのけられたのかとショックだったけど、暁は指先で顔を擦り、邪魔だったのかサングラスを放り出し、また動かなくなった。寝ぼけていただけらしい。

そうこうしているうちに日が完全に落ち、アルの体も人間の姿に戻る。暁のバッグの中を探ると、自分の服もしっかり入っていた。今度はちゃんとパンツを先に穿いた上でジーンズに足を通す。身支度を整え、部屋と車のキーをポケットに突っ込んでから、寝ている人を起こさないようそっと部屋を出た。

二階の部屋だったので階段で一階に下り、フロントの前を通っていたところで【アル】と声をかけられた。キエフが窓際に置かれた古びたソファから立ち上がり、近づいてくる。

【ようやく話ができるね】

髪も瞳も黒いのに、キエフは灰色のシャツに黒いジーンズだ。そういえば昔からモノトーンの服が好きだったなと思い出す。キエフはアルの周囲をキョロキョロと見回した。

【アキラは？】

【部屋で寝てる。僕はこれから出かけようと思って】

【どこへ行くんだい？】

【両親の顔を見に実家へ。ネブラスカに帰ってきたのも、それが目的だったんだ。姿を見せたら大騒ぎになるから、外から家の中を覗くだけだけど】

キエフに【ついていってもいいかい？】と聞かれた。離れていた間のことも話したかったし、一人でドライブするよりも二人の方が楽しそうなので【もちろんだよ】と答えた。

実家はここから車で十分ぐらいだ。さっきも通ったメインストリートの辺りでハイスクールぐらいの素朴な女の子が二人、楽しそうにお喋りしていた。キエフは若い女の子を横目に【タイプじゃないけど美味しそうだなあ】と呟いていた。

町の中心地を離れた途端、周囲は真っ暗な平原になる。宵の口だというのに、対向車もほとんど来ない。街灯もなくなると、見えるのは冗談ではなく星の瞬きだけ。どこにでもある平凡な道が、ひどく懐かしくなる。自分は家に帰ってるんだと胸に込みあげてきて、まだ家族の顔も見ていないのに目頭が熱くなり、慌てて洟《はな》をすり上げた。

【帰ってみたいと思う故郷があるのはいいことだ】

助手席のキエフは、アルの肩をポンポンと軽く叩いた。

【今日アルに会えたのは神様の思《おぼ》し召《め》しかな。まぁ、僕のことを神様が気にかけてくれていたらの話だけど。……それにしても君が日本で、エンバーマーと暮らしているなんてびっくりだよ】

【暁に会ったのは偶然だったんだ。今はその偶然に感謝してる】

キエフは【よかった】と浅く頷いた。

【君のことはずっと気になってたんだ。普通の吸血鬼と違って、自由に体も変えられないし、牙もないからまともに血も吸えないだろう。他にも君のようなタイプの吸血鬼がいないかと、昔の仲間を捜してちょっと旅に出たらその間に君はいなくなってたし】

不意に姿を消したキエフ。あの時は捨てられたと思って酷く悲しかったが、それも自分のためだったと知り、あの時の悲しさとほんの少しのわだかまりが薄れていく。

【それにしても、アキラはユニークだね】

キエフは腕組みして呟いた。

【無愛想だし口も悪いけど、いい人なんだ。僕が両親に会いたがっていると知って、ここまで連れてきてくれたし。僕はドラマのロケのついでだけど、暁は仕事を休んで付き合ってくれてるんだ】

キエフは【ドラマだって！】と心底驚いた顔をした。

【僕が知らない間に、君は凄《すご》いことになっているようだね】

アルは日本に行き、暁のもとで暮らすことになった経緯、そして暁の友達がドラマのプロデューサーで、意図せず俳優デビューを果たしたことや、エンバーミング施設の仲間の話をした。優しい津野と、暁に恋している室井。そして自分のよき理解者である刑事の忽滑谷……。

話を聞きながら【なかなか楽しそうだ】とキエフは笑った。

【君が幸せに暮らしていてよかった。……一つだけ、君より三百年は長く生きている吸血鬼として忠告させてもらうと、人間とは深く関わらない方がいい】

アルは首を傾げた。

【どうして？　僕らはもともと人間じゃないか】

【そうだよ。けどモンスターになった。僕たちは死なない……永遠にね。そして彼らはいつか必ず死んでしまう。長く一緒にいると、それだけ情が湧いて別れが辛くなる】

ゴクリとアルは唾を飲み込んだ。

【十年を目処《めど》に、住む場所も人間関係もリセットするのがお勧めかな】

できるならずっと暁の傍にいたい。粗雑に扱われることもあるけれど、こんなに自分のことを考えてくれる人は人間の頃だってなかなかいなかった。アルはハンドルを強く握り締めた。

【僕は中途半端な吸血鬼で牙がないから、みんなみたいに血が吸えない。アパートを出てからの生活は、それは酷いものだったんだ。想像を絶するほどね。暁がエンバーマーで、定期的に血を分けてもらえるから今は安定している。人間が先に死ぬのはわかるし、情が移るっていうのも想像できる。それでも僕は、しばらくは暁の傍にいるのがベストだと思うんだ】

キエフが笑った。

【アル、君はまだ吸血鬼になって十年も生きてない。愛する人が先に死んでしまう本当の悲しさをわかってないんだ。愛すれば愛するほど、長くいれば長くいるほど、絶望は深い。まるで底なし沼のようにね。愛する人を失った悲しさから、永遠の眠りについた吸血鬼を僕は何人も知っているよ。……それと君の不自由な体なんだが、どうにかなるかもしれない】

アクセルを踏み込む右足に思わず力が入り、エンジンがブロッと大きく唸った。

【僕は他の吸血鬼仲間に話を聞きに行ったと話しただろう。僕よりも長く生きている吸血鬼は少なくて、ようやく一人見つけたんだが、そいつも君みたいなタイプは知らなかった。……ただそいつはこう言ってたんだ。血が薄いなら、濃くしてやればいいんじゃないかって。まぁ、一度試してみる価値はあると思う】

【血を濃くするって、何をどうすればいいの？】

おそるおそる問い返す。キエフは笑った。

【大したことじゃないよ。完全な吸血鬼の血を吸うんだ。そうすれば人間の部分が薄まって、もっと吸血鬼らしくなるんじゃないかってそいつは言ってた】

言われてみれば、確かに理にかなっている気がする。

【今すぐでもいいよ、僕の血を吸ってみるかい。昨日まで彼女に沢山血を分けてもらっていたからお腹がいっぱいなんだ。いくらでも提供できるよ】

キエフの親切な申し出に、アルは返事ができなかった。自分で自分がわからなくなる。完全な吸血鬼になりたいのか、そうでないのか。仮にもしこの話を一人ぼっち、アメリカで暮らしていた頃に聞いていたら、一も二もなく飛びついていただろう。

【そうだ。前もって言っておくけど、飲んだからって完全な吸血鬼になるという保証はないからね。まぁよくなることはあっても悪くなることはないだろうから、軽い気持ちで試してみれば？】

キエフのような完全な吸血鬼。夜明けと共に強制的に体が変わることなく、昼間も人間の姿でいられる。牙だって生えてくるかもしれない。それは魅力的だ。とても魅力的で……。

【いい話だと思うんだけど、少し考えさせてもらってもいいかな。とりあえず両親の顔を見てから……】

【僕はいつでもいいよ。彼女と別れて寂しいし、面白そうだからしばらく君らにくっついていようと思ってる】

キエフは隣で、フワッと欠伸をした。

【あぁ、ごめんね。昨日は夜更かししたから、眠たくて】

【映画でも見てたの？】

意味深にキエフは笑う。

【アル、僕は昨日まで彼女と一緒だったんだよ】

野暮な問いかけをしてしまったと気づいて、アルは顔がカッと赤くなる。

【興奮している子の血は、甘くて美味しいんだ。そのせいかな、血を飲むのはもっぱらしてる最中になっちゃって、自然と回数も増えてしまうんだよね】

セックスで血の味が変わるなど初耳だった。ふと暁もそうなんだろうかと邪なことを考えてしまう。暁の生血はとろけそうになるほど美味しくて甘い。あれがセックスをしているともっともっと美味しくなるんだと考えただけで、喉がゴクリと鳴る。

暁に脳内を見られたら、確実に張り倒される妄想に浸っていたアルは、ふと気づいた。

キエフが選ぶ女の子はどの子も見た目がセクシーだ。セックス中の吸血を好むキエフは、そういう精力の強い女の子に惹《ひ》かれているのかもしれない。

【そういえばアル、君はいつもエンバーミングで出る死体の血を飲ませてもらってるんだったね。生きている人のフレッシュな血は飲んだことがないの？】

【大怪我をした時に、何度か暁にもらったことがあるよ。嚙みつけない僕のために、暁はわざわざ腕に傷をつけて飲ませてくれたんだ】

ふうん、とキエフは相槌を打った。

【そういえばアキラも血をあげないとアルの傷は治らないって言ってたな。普通に生活をしていたら大怪我をすることは滅多にないとはいえ、怪我をしても血がないと痛くて治らないなんてすごく面倒だね】

う……ん、と返事をしたあと、アルはフッと黙り込んだ。そして対向車がなかなか来ない夜の道をただひたすらに走った。

実家の周囲には四軒の家があるが、一番近い隣の家とも八十ヤード（約七十三メートル）ほど距離がある。アルは実家から少し離れた道の端に車を止めた。車の排気音で誰か来たと思われ、庭に出てこられたらまずいからだ。エンジンを切り、街灯もまばらな暗い敷石の歩道をゆっくりと歩く。久しぶりで懐かしくて、こんなにこの道は狭かったっけと思わされる。

白く低い柵に囲まれた家は、二階建てで大きい。田舎の家らしくコテージに似て簡素だ。昔は色気のない自分の家が嫌で、ドリス式やイオニア式の円柱がある、豪華で重厚感のある家に憧れていたけれど、今はこの単純なつくりの家がとても恋しい。

玄関灯は淡くオレンジ色に光っている。ポーチには小花が植えられた鉢が沢山あり、軒下につり下げられたハンギングバスケットも綺麗だ。

時計を見ると午後七時十五分、南側に面した窓が明るいので、両親ともリビングにいるのかもしれない。家を眺めていたアルは、東側にあるガレージに銀色の車があることに気付いた。初めて見るので、自分が死んでから買ったものなんだろう。

白い柵に手をかけ、大きな木の陰に隠れて覗き込んでいると、キエフが【もっと近くで見なくていいのかい】と声をかけてきた。アルは苦笑いしながら首を横に振る。

【昔、話したよね。墓から抜け出した時、最初に家へ帰ったけど、物取りと間違われて銃で追い払われたって。両親の中で息子はもう死んだ存在なんだ。姿を見せたらきっと混乱するよ。それに僕はもう二度と銃を向けられたくない】

キエフは僅かに首を傾げた。

【だけどこれじゃ顔も見られないだろう。日本からわざわざ帰ってきたのに、家を見るだけでいいのかい。いっそ蝙蝠の時の方がもっと傍まで行けたかもしれないよ】

【そうなんだけど……】

アルにもわかっていた。蝙蝠だったら、窓の枠にぶら下がって堂々と中を覗き見できたと。それでも、たとえ両親が気づかなかったとしても、蝙蝠姿は何となく嫌だったのだ。

何事か考える素振りを見せていたキエフが【そうだ】とパチリと指を鳴らした。

【手紙を書くのはどうだい】

【手紙？】

【筋書きはこうだよ。僕はアルの大学の友達ってことにするんだ。見た目は三十前後だから、おかしくない。君が学生時代に書いた手紙が、偶然僕の持ち物に紛れ込んでいた。数年ぶりにそれを見つけた僕が、君の両親に手紙を届ける。上手くすれば、誰か玄関まで出てきてくれるかもしれない】

アルは目を大きく見開いた。

【そのアイディア、素敵だよ。ドラマみたいに感動的だ。けど……手紙なんてどうすれば……】

【今から書けばいいじゃないか】

キエフはこともなげにそう言ってのけた。

それからアルは大急ぎで町の雑貨屋へと戻った。いくら死んだとはいえ、自分はこの辺では顔が知られているので、キエフにボールペンと便箋、封筒を買ってきてもらった。車の中で、アルは手紙を書いた。キエフに【九年前の手紙っぽく書くんだよ】と言われて、頭を悩ませた挙げ句、両親の結婚記念日に贈り損ねた手紙という設定で書いた。書いているうちに、両親への感謝が溢れてきて、何だか泣きそうになった。

古さを演出するために、キエフは便箋にほんの少しだけ土をつけて汚した。同じようにちょっと汚した封筒に入れ、堂々と庭の中に入り、玄関の呼び鈴を押した。

アルは柵の陰に隠れてじっと玄関を窺った。最初の呼び鈴では何の反応もなく、二度目でガチャリと扉が開いた。だけどほんの数インチで、まだチェーンがかかったままなのが見える。玄関に出てきているのは父親だろうか、遠くてよくわからない。

キエフがしばらく話をしている。チェーンが外れたのか、扉が大きく内側に開いた。父親だ。間違いない。自分が生きていた時から髪に白いものが交じりはじめてはいたけれど、今はもっと……雪が降り積もったように白くなってまるでおじいさんだ。アルが老けた父親に衝撃を受けているうちに、もう一人玄関ポーチに出てきた。花柄のブラウスに、茶色のロングスカート……母親だ。母親も髪が白くなっているのかもしれないが、もとが金髪なので父親の茶色の髪ほどは目立たない。それよりも顔に深く刻まれた皺の方が驚きだった。

歳を取っているとわかっていたつもりで、本当はわかっていなかった。鏡を見るといつも自分は同じ顔。だけど両親は変わる。年老いていく。人の変化を目の当たりにしたことで、アルはようやくキエフの言葉の意味が身に染みた。

自分たちは変わらない……そして人間は変化する。まるで花のように。種から発芽して成長し、蕾《つぼみ》をつけて花を咲かせ、やがて種を残して朽ちていく。歳を取れない自分たちを残して終わっていく。

手紙は玄関先で読まれていた。父親が両手で広げたものを、母親が覗き込んでいる。二人が泣いているのがわかった。アルも柵の隙間から玄関を覗き見しながら泣いた。

そうしているうちに、キエフは家の中へと招き入れられた。亡くなった息子の手紙を届けてくれた友人にお茶でも出して、もっと話を聞こうとしてるんだろうか。

どうにも我慢できなくなり、アルは前屈みのとてつもなく怪しい姿で庭の中に入った。ふわふわとして手入れの行き届いた芝生が、足音を吸い込んでいく。

リビングに面した窓へと向かう。客人を通すとしたら間違いなくそこだ。カーテン越し、明るい光を放つ窓の下にしゃがみこみ、耳をそばだてた。

【アル……て、……だった……でも……………】

キエフの声が小さすぎて、断片しか聞こえてこない。外壁にぺたりと右耳をくっつけた。……部屋の中から、微かに嗚咽《おえつ》が聞こえる。

ゆらりと、芝生に映る影が揺れた。反射的に顔を上げたアルは驚いて叫びそうになり、慌てて口を押さえた。小さな頭に青い目が二つ、丈の短いカーテンの裾から目だけひょっこりと出して、じっと自分を見下ろしている。

アルは視線を外せなかった。金髪の子供も視線を逸らさない。息を潜めて互いに見つめ合う。アルは子供に向かってニッと笑いかけた。子供もニッと目を細めて笑い返すと、ひょいと窓から顔を引っ込めた。そのタイミングで、アルは脱兎《だっと》の如く庭を走り出た。案の定、アルが大きな木の下にある柵の傍でしゃがみこむと同時に、誰かがリビングの窓を開けるのが見えた。

それから十分ほどして、キエフが家を出てきた。両親と抱き合い、見送られながらゆっくりと庭を横切ってくる。

【もしかして、覗き見してた?】

柵の傍にしゃがみこむアルに、キエフが声をかけてくる。

【……少しだけ】

【とりあえず車に戻ろうか】

促され、車のある場所まで引き返した。運転席におさまると同時に【はい、これ】と何か手渡される。それは写真立てに入った写真だった。

【一つもらってきた。記憶を操作したから、君の家族はこの写真がなくなったことに気づいてないよ】

そこには年老いた両親、二十代前半の男女と子供が写っていた。子供は自分を覗き込んでいた青い目のあの子だ。女性の方が妹のサラだと気づくのに少し時間がかかった。自分が死んだ時、彼女は十四歳だった。それがもうすっかり大人の女性になっていたからだ。

【君の妹さんは大学入学と同時に妊娠して、結婚したそうだ。彼女の隣にいるのが、夫のジョルジュ。ジョルジュの膝の上にいるのが二人の子供。この日はアルの誕生日だったらしい】

【……アル？】

【その子の名前だよ。君からもらってアルベルトとつけたと。小さい頃の君にそっくりだって話してたよ】

アルは写真をじっと見つめた。自分に九年という月日が流れたように、家族にも同じだけの時間が流れている。少し寂しい。そして自分のことを忘れまいと子供に同じ名前をつけてくれたのは、とても、とても嬉しかった。

【君の手紙を読んでいたら、アルJr.が「おそとにだれかいる」って言い出したんだ。君の話をしていたから、君の幽霊が出たんじゃないかって話になってたよ】

しばらく写真の家族との再会に浸ったあと、アルは車のエンジンをかけた。明日の朝、もう一度ここに来ると決めた。蝙蝠の姿はちょっと嫌だけど、みんなのことをちゃんとこの目で見たい。

家族に会えた嬉しさで興奮していたアルだが、隣にいるキエフのことがふと気になった。そういえば、キエフがいつ頃、どうやって吸血鬼になったのか自分は知らない。

【キエフにも家族がいたんだよね?】

【もちろんだよ。生まれた時から吸血鬼だったわけじゃないからね】

そこから先は聞けなかった。三百年近くも生きているキエフ。家族はもうとうに死んでしまっているはずだ。

【まだ人間だった頃、八歳年下の恋人がいたよ。彼女は僕が吸血鬼になったと知った時、神に背いてでも一緒に生きると誓ってくれた。彼女が二十歳になったら、僕は彼女の血を吸って吸血鬼にするつもりだったんだけど、駄目だった】

【どうして?】

キエフは肩を竦めた。

【二十歳になる前の日に、荷馬車に轢《ひ》かれて死んだんだよ。いくら僕でも、死者を吸血鬼にすることはできなかった】

アルは息を呑んだ。そう、人は死ぬのだ。病気や不慮の事故で、簡単にこの世から消え去ってしまう。死にそうな怪我をしても回復する……生きることのできる自分たちとは違うのだ。

【ごめん】

何を謝ってるの？　とキエフは笑った。

【僕はもう彼女の顔をはっきりとは覚えてないんだ。ブルネットの、緑色の瞳だったってこと以外はね】

それから宿泊先であるモーテルまでの十五分ほどの間、互いにほとんど喋らなかった。キエフは座席に深く腰掛け、ずっと目を閉じていた。本当に寝ていたのか、それとも寝た振りをしていたのか、アルにはわからなかった。

モーテルの部屋に戻ると、暁がちょうどシャワーを浴びて出てきたところだった。パンツだけというあられもない姿で、髪をタオルで乱暴に拭いている。

暁がパンツ一枚で部屋の中を歩き回るのはよくあることだ。自分も同じことをするし、これまで気にしたことはなかったのに、モーテルというだけで妙に意識してしまいアルは不自然に目を伏せた。

「何だ、帰ってたのか」

暁は勢いよくベッドに腰掛けた。

「親の顔は見られたか？」

「みた　とし　とってた」

額に落ちかかってくる濡れた髪を、暁は鬱陶しそうに搔き上げる。

「九年経ってるんだ、当たり前だろう。変わってない方が異常じゃないか」

……それはそうなのだが、暁の言葉は身も蓋もない。

「それは何だ？」

暁はアルが手にしている写真立てを指さした。

「かぞく　しゃしん　キエフくれた」

「俺にも見せてみろ」

アルは暁の隣に腰掛けて、写真立てを差し出した。暁はアルの手許を覗き込むようにして体を近づけてくる。石けんかシャンプーか、清潔な匂いがしてアルはちょっとだけ頭がクラリとした。

「こっちの二人はお前の両親だな。隣の若い夫婦は誰だ？」

「ぼくのいもうと　おっと　こども」

暁が写真の、甥《おい》っ子《こ》のアルベルトの顔をしばらく見つめ、そしてアルに視線を移した。

「この甥っ子、お前に似てるんじゃないか？」

「うん　すごく　にてる」

暁は「血は争えないモンだな」と笑いながら立ち上がった。Tシャツと短パンを身につけ、ベッドの端に腰掛けていたアルを隣へと追い立てて、シーツの中に潜り込む。

「もう　ねる？」

「時計を見てみろ」

夜の十一時を過ぎていた。暁は口を大きく開けてフワッと欠伸をする。話したいことがあるのに、寝られてしまうのが寂しい。

「ママとパパ　みた　でもとおい」

暁が視線だけでチラリとアルを見た。

「人間の姿じゃ、顔を見せるのは無理だとわかってただろう。だから俺は蝙蝠の時に行ってみたらどうだって最初に言ったじゃないか」

アルが黙り込むと「人の言うことを聞かないからだ、馬鹿」と追い打ちをかけられた。

「明日、ここを出るまでに時間がある。蝙蝠の時にもう一回、見に行ってみろ」

暁は頭の下で両手を組んで目を閉じる。顔を俯けたアルは、サイドテーブルの傍にあるゴミ箱の中にアイスクリームの空きカップが捨てられているのを発見した。自分がいない間に食べたらしい。暁はアメリカに来ても、まだアイスを食べ続けている。

「お前、吸血鬼になって十年目だろう」

暁が目を閉じたまま聞いてきた。

「うん」

「あともう十年経ったら、その姿で親のもとに戻れるんじゃないか。亡くなった息子の隠し子とか何とか言い張ればな。ありえない話でもないだろ」

アルは驚いて目を大きく見開いた。

「お前の親も喜ぶんじゃないか。上手くすれば、五年……十年は堂々と傍で見ていられる。容姿が変わらないからそれ以上は無理だし、騙《だま》すことにはなるが、悪い方法じゃないだろ」

そんなの思いもつかなかった。暁は自分のことを考えてくれている。猛烈に嬉しくなって、アルは寝ている暁に飛びついた。

「うわっ、何だ」

暁がベッドの上で大きく跳ねた。

「しがみつくな。鬱陶しい」

頭を三回叩かれても、離れなかった。最後は暁の方が諦めて、しがみつかれたままお

となしくなる。

くっついているのを許されたのをいいことに、アルは暁の匂いと肌の温《ぬく》みを全身で味わった。両親や妹が元気だとわかってよかった。幸せそうなのも。その中に自分が入れないのは寂しいけど、みんなが幸せならそれでいい。

寂しくても、寂しくない。自分には暁がいる。怒りっぽくてすぐに手が出て、口が悪くても優しい暁が傍にいる。いざとなったら助けてくれる人がいる。

暁を大切にしないといけない。アルは両目をギュッと強く瞑《つぶ》った。キエフのように、共に歩んでいこうとしていた恋人を、不意に失ってしまうことだってあるのだ。今日も、雑貨屋で強盗に遭った。キエフがいたから事なきを得たけど、もし暁が撃たれていたら？　まかり間違って死んでいたら……今頃になって背筋がゾクリとした。

「里心がついたか？」

しがみついた自分をずっと無視していた暁が、ぽつんと声をかけてきた。

「さとごころ？」

「親の顔を見て、こっちに戻りたくなったかってことだ」

「いい」

暁の首筋に額をくっつけて、アルは首を横に振った。

「何がいいんだ？」

「ぼくは　あきらのそば　いい」

「こっちに帰ったら、好きな時に親の顔が見られるぞ」

家族のことは気になるし、見ていたい。あそこにいるのは確かに自分の家族で、自分が「止まった」ままみんなの人生は進んでいる。アルの中には家族を見守っていく人生があるけれど、家族の中には今のアルを見ていく人生はない。

「ぼくは　あきらのそば　いる」

もうあの輪の中には戻れない。だから自分で、新しい人生を見つけていかないといけない。

「お前、親ともう一度話し合ってみたらどうだ？　赤の他人の俺がお前を吸血鬼だって信じられたんだ。順序立てて話して、蝙蝠から人になる姿でも見せれば、お前の親も理解してくれるんじゃないか？」

ああ、そうだ。本当は理解されたい。たとえモンスターになったとしても、一緒に暮らせなくても、歳を取らなくても、死ななくても自分はまだ「いる」んだと家族に知ってもらいたい。だけど……父親に銃口を向けられ、発砲された記憶が蘇《よみがえ》る。怖い。理解されないことが怖い。あんな拒絶を受けるのは絶対に嫌だ。

「はなし　する　ちょっと　こわい」

アルは暁を背中からぎゅっと抱き締めた。しばらく窮屈そうにごそごそしていた暁が、たまりかねたように「おい、向こうのベッドに行け」と言っても、アルは眠った振りをした。

暁はため息を一つついて、ルームライトを消した。ほんの数分もしないうちにゆっくりとした呼吸が伝わってくる。

アルは眠る暁の首筋に鼻先をすり寄せた。気持ちがゆるゆるとほどけ、すると眠りが近づいてきて、瞼がだんだんと重たくなってきた。

いつも夜明け前に目が覚める。目覚ましなどかけなくても、体がそろそろだと教えてくれる。温かい暁の傍らから抜け出して、アルは服を脱いだ。全裸になって床に膝をつき、無防備に眠りを貪る暁の長い睫毛をじっと見つめた。

眠る前も暁のことを考えていた。起きてからも考えている。暁には絶対に死んでほしくない。そのためにはどうしたらいいんだろう。人が人を守る力なんてたかが知れている。いきなりの地震とか竜巻とか、もうどうしようもない力の前にさらされたら、大事なものは呆気《あっけ》なく奪い去られるに違いなかった。

暁も吸血鬼になってくれたなら……キエフの恋人のように、一緒に生きると言ってくれたらいいのに。周囲の人がいなくなり、誰も自分のことを覚えている人がいなくなっても、一人でなければ、暁が傍にいてくれたらきっと大丈夫だ。

だけど自分のために吸血鬼になってくれなんて言えない。暁は自分を嫌ってない。いつも気にしてくれているし、たまに優しくしてくれる。それが恋愛の好きかと問われると、自信がない……というか、暁にその気はないだろう。

いっそ大怪我をしてしまおうか。アメリカだから、日本にいる時みたいに簡単にご遺体の血は手に入らない。苦しんでいる自分を、暁はきっと放っておけない。生血を分けてくれるに違いなかった。その時に少しだけ吸いすぎてしまうのだ。暁の心臓がうっかり止まってしまうまで。

そうなれば不慮の事故。吸血鬼になっても、暁には怒られない……はずはない。怒られるに決まっている。それでも許してくれそうな気がするのだ。どんなに怒っても、最後には……。

ハタと気づいた。自分は中途半端な吸血鬼だ。そんな自分が血を吸った場合、暁はどんな吸血鬼になるんだろう。自分と同じ、いやもっと酷い状態の吸血鬼になるんじゃないだろうか。たとえば一日中蝙蝠とか。いや待て、よく考えろ。一日中蝙蝠なんて、そんなのただの蝙蝠じゃないか。

【そんなに見つめていたら、アキラが溶けてしまうよ】

からかいを含んだ声にギョッとして振り返る。キエフが反対側のベッドでゆったりと寝そべっていた。叫び出しそうになるのを、無理矢理口を押さえて我慢する。

【どっ、どうしてここにっ】

暁を起こさないよう小さな声で話しかけると、キエフはパチリとウインクしてよこした。

【吸血鬼は蝙蝠だけじゃなく、霧にだって姿を変えられるんだよ。ほんのちょっとの隙間があれば、どこにでも入れる。とても便利なんだが、君は知らなかったんだな。それはいいとして、蝙蝠になる前に少し話をしようと思って来たんだけど】

暁が「んんっ……」と小さく呻く。話し声で起こしてしまうかもしれない。

【……そっちの部屋へ行こう】

アルはキエフの腕を掴み、急いで部屋を出た。それは斜め向かいの部屋から中年女性が顔を出すのとほぼ同時だった。

【ひいいっ】

女性は悲鳴をあげ、目をまん丸に見開いて両手をワナワナと震わせる。アルは慌てて股間を隠し【ごめんなさい】と謝って、二階の一番奥にあるキエフの部屋まで走った。短い距離なのに、部屋に飛び込むとアルは肩先でハアハアと息をついていた。

キエフは【まったくもって予想外だったよ】と両手を広げた。

【三百年も生きてきて、こういう雰囲気を読み逃したのは初めてだ。まさかアキラが君の恋人だったなんてね。日本からわざわざ君についてアメリカに来たってことは聞いていたが、そうか……そういうことだったのか】

一人で納得しているキエフに、アルは首を激しく横に振った。

【恋人じゃないよ】

【じゃあどうして君は裸なんだい。しかも片方のベッドは綺麗で、まったく使われてなかった】

【それは……その、一緒に寝たから。だけど添い寝だけで何もしてない】

キエフの表情が、諭すような慈悲深いものになった。

【アル、隠すことはないよ。吸血鬼仲間の中でもゲイで、同性を狙う奴はいるんだ。君にはそんな雰囲気がなかったから、意外だったけど】

【本当にしてない。裸だったのは、もうすぐ蝙蝠になるからだよ。服を着てたら後片づけが大変だから】

ふーん、と相槌を打つものの、キエフはまるで信じていない顔をしている。

【セックスをしていたかどうかはともかく、君はアキラのことを好きなんじゃないのかい？】

アルは俯いた。両手を組み合わせてギュッ、ギュッと握り締める。

【僕はその……ゲイってわけじゃなかったんだけど、暁だけは特別なんだ。それに僕の

一方的な片思いで、暁はゲイじゃないから】

【彼、恋人がいるの?】

【いない。……生きているものが苦手だって話してた】

途端、キエフが肩を震わせて笑いはじめた。

【それでエンバーマーか。アキラは想像以上に単純な男だな。生きているのに生きてない、吸血鬼の君はちょうどいいじゃないか】

不意に体がカッと、燃えるように熱くなってきた。変化がはじまったのだ。

【生きているものが苦手なのは、裏を返せば死を怖がってるってことかな】

それは違うんじゃないかと言いかけたが、声帯が変わりはじめてもう人の声は出ない。ものの数秒でアルは蝙蝠になった。床の上で「ギャッギャッ」と鳴くと、キエフは右手を差し出してきた。手のひらに飛び乗る。視線が合った。

【時間に左右されて自分の思い通りにならない体なんて、不便だね】

キエフは心底気の毒そうにアルの背中をそろりと撫でた。

十時前後にモーテルを出発すると暁に言われていたので、それまでの間にアルは蝙蝠姿でもう一度実家まで飛んで戻った。朝早すぎるかなと思ったけれど、父親は綺麗に芝が刈り揃えられた庭をのんびりと散歩し、母親は柵の傍にある庭木の、落ちた葉を箒《ほうき》でかき集めていた。アルは軒下にあるハンギングバスケットの上に乗ってそんな両親をじっと見つめた。傍にはいられなくても、ずっと見守っているね……と心で語りかける。

そうこうしているうちに、妹に呼ばれて両親は家の中に入った。きっと朝食だ。キッチンの窓に移動して中を見ると、テーブルを囲んで五人が食事をはじめていた。甥のアルJr.は、テーブルの上にシリアルを撒《ま》き散らして、サラの手を焼かせている。

よそ見をしながら食べていたアルJr.とアルの目が合った。アルJr.が【あれっ】と自分を指さし、視線が一気にこちらへ集中する。十の目に注目されて緊張し、アルはその場で固まった。アルJr.は椅子を飛び降りると、窓を開けた。

アルJr.はぴょんぴょんと飛び跳ねてアルを摑もうとするも、背が低いので手は届かない。するとサラの夫がアルをひょいと摘み上げた。

「ギャッ」

驚いて思わず声をあげた。アルJr.に気を取られて、大人に気づかなかった。

【あなた、蝙蝠なんて放っておきなさいよ】

サラが眉を顰める。

【でもこの蝙蝠、おとなしいよ。アル、そっと触ってごらん】

小さな手が差しのばされて、鷲摑みにされたアルの頭を些か乱暴にポンポンと叩いた。

【もう満足しただろう。ちゃんと朝ご飯を食べなさい】

サラの夫は手を開いた。外へ飛び出していくと思っていたのだろうけど、アルは生まれ育った家の中を見たくてたまらなくなった。窓の外へは出ていかず、部屋の奥へと向かった。キッチンを出て、廊下を飛び、リビングを一周する。自分の後をサラが追いかけてきて、出ていけと言わんばかりにリビングの窓を大きく開けた。

リビングボードには、沢山の写真が飾られている。一つだけ……倍くらい大きなものがあった。それが昨日自分が書いた手紙で、フレームに入れて飾られてあるんだと知った時、アルは嬉しさのあまり胸が潰れそうになった。

アルは窓から外へ飛び出した。屋根の上を二回ほど旋回して、モーテルに戻る。その間、アルは涙と鼻水をズルズルと垂らしながら「ギューッギューッ」と号泣していた。

家族に会うという、この旅最大の目的を果たした。みんな元気で、そして可愛い甥っ子が誕生していたこともわかり、アルとしては大満足の帰郷だった。

残るはドラマのロケになる。明日の夜が撮影なので、今日中にネブラスカからシカゴへ帰らないといけなかった。

天気はよくて、対向車はほとんどおらず、周囲の景色は延々と同じ。遠く遠くその先まで、どこまで行っても飽き飽きする牧草地ばかり、牛ばかりだ。昨日は「田舎の景色も見納めかもしれない」と思って風景を脳裏に焼きつけようと集中していたけれど、だんだんと面倒くさくなってきた。

カーラジオからは、緩いカントリーソングが聞こえてくる……と思ったら、次はロック。暁の眉間の縦皺が次第に深くなっていく。

【おい、キエフ。そんなに頻繁にチャンネルを替えるな。鬱陶しい】

【あ、ごめんね。なかなか気に入るのがなくて】

謝りながらもキエフは平気で次々と番組を替えていく。ようやく納得いくものを見つけたのか指が止まる。それは地域情報を延々と流すローカル番組だった。

結局、キエフは昨日からずっと自分たちと共に行動している。そして暁はキエフとあまり話したがらないので、会話は少ない。ラジオのローカル局の方が、よほど愛想がよかった。

遠くにガスステーションの看板が見えてくる。暁は燃料の残量をチラと見て、ウインカーを出した。自動車修理工場が一緒になった、錆《さ》びた給油機が一台しかない古い店だ。セルフではなく、整備工場の横に事務所らしきものがあるのに車を止めても誰も出てこない。

暁はチッと舌打ちしてから、車を降りて事務所に向かった。そしてすぐさま怒りの表情で戻ってきた。

【誰もいないなんて、信じられん】

キエフはあくまでものんびりしている。

【トイレとか？】

【どうしてもこの辺で入れておかないと、ここから先にガスステーションがあった記憶がない。いつまで人を待たせる気だ！】

暁がブツブツ文句を言っている間に、ようやく中年の男性が道の向こうから姿を現した。巻き毛のその男は暁の上を行く無愛想な態度で「こんな仕事、やってらんねえんだよ」と言わんばかりに唇を尖らせていた。

男と暁の無愛想対決は、ガソリンが満タンになった時点で終了。エンジンをかけようとした暁に、キエフが【僕が運転をしようか】と声をかけた。

【昨日からずっと運転させっぱなしだしね。アルは蝙蝠なので無理だけど、僕は運転が割と得意だよ】

暁は片目だけつっと細めた。

【免許証はあるのか？】

【それは大丈夫】

暁は何も言わずに車から降りた。キエフは嬉々《きき》として運転席に回る。どうやらハンドルを握りたかったらしい。

キエフの運転は、穏やかで優しげな外見に似合わず、乱暴だった。車は壊れかけた洗濯機のようにガクガク揺れるし、アクセルをガンガン踏み込むので恐ろしいほどスピードが出る。周囲の景色が文字通り、飛んでいく。

【おい、スピードを落とせ。速度違反だ】

暁がどれだけ注意しても【大丈夫、大丈夫】とキエフはニコニコ笑って言うことを聞かない。

【こうやって運転していると、馬に乗っていた時代を思い出すよ。生き物は世話をするのが大変だけど、車はいいね。手間もかからないし、こんなにスピードが出せる】

【お前の頭ん中のカビの生えた郷愁なんかどうでもいい！　さっさとスピードを落とせ。事故ったらどうしてくれる！】

暁が大声で怒鳴る。

【事故っていっても……あぁ、そうか、アキラは普通の人間だったね】

【自分を基準に物事を考えるなっ！　世の中の大多数は普通の人間だ！】

そこに不隠な音が登場した。アルも何度か世話になったことのあるサイレン。暁は背後を振り返り、チッと舌打ちした。

点滅灯をピカピカさせたハイウェイパトロールが、距離をおいてついてきていた。

【ちきしょう、車を止めろ】

暁がぼやき、キエフは素直に車を道の端に寄せて止まった。ポリスカーから制服を着た警察官が出てくる。五十前後、背が高くて丸坊主、口髭《くちひげ》を生やした恰幅《かっぷく》のいい男だ。サングラスで隠れて、目許は見えない。

キエフはサイドガラスをウイーンと下げた。

【随分と急ぎの用があったようだな】

警察官の声はクールだ。

【実は母親が危篤で……】

キエフは申し訳なさそうに目を伏せ、大嘘をつく。

【母親に会う前にお前の方が事故であの世行きだ。いったい何マイル出てたと思ってるんだ？　ほら、免許証を出して】

するとキエフは暁を振り返った。

【免許証を出して】

手を差し出され、暁は驚いたように目を大きく見開いた。

【免許証って、お前……】

キエフは暁に体を近づけ、こっそり耳打ちした。

【……君のを貸して。後は僕が何とかするから】

キエフはパチリとウインクする。暁はどうにもこうにも納得がいかないという顔のまま、鞄の中から自分の国際免許証を取り出してキエフに渡した。

キエフが免許証を差し出す。それを見た警察官は怪訝な顔をした。

【コレは本当にお前の免許証か？】

【僕のですよ】

キエフは警察官が免許証を受け取ったその瞬間、手首を掴んで車の中に引き寄せた。不意を突かれた警察官が開いた窓から顔を半分突っ込む。その額にキエフは人差し指で触れた。

警察官の顔から焦りと緊張感がスッと消えた。キエフが手を離すと同時に、警察官は体をゆっくりと背後に引く。そして無表情のまま免許証を返してくると、ポリスカーに戻り走り去っていった。

キエフはぽかんとしている暁に【はい、これ】と免許証を返す。

【……今のは何だ？】

【何って？】

【どうしてあの警察官は何も言わずにいなくなったんだ？】

【あれこれ面倒になったんじゃないかな？】

惚《とぼ》けた素振りで肩を竦めるキエフの上着を摑み、暁は揺さぶった。

【そんなわけないだろう！ お前、あの男に何をしたんだ。そういえば昨日の強盗の時も、触れないと目を覚まさないとか、妙なことを言っていたな。お前はおかしな催眠術でも使えるのかっ】

キエフは暁の肩にいるアルをちらっと横目で見てから、フッとため息をついた。

【少しだけ記憶を弄らせてもらったんだ。さっきの警官には、交通違反の車を『見なかった』ことにしてもらった】

【記憶を弄るだと……】

暁は反芻した。

【僕たちは人間の記憶を消したり、書き換えたりすることができる。君らのこんな身近で、吸血鬼が何百年も生きているのにどうして存在が世間に知られていなかったと思う？ この能力があったからだよ】

けどまあ……とキエフは続ける。

【基本的に、記憶操作は親しかった人の自分に関する記憶を消す時ぐらいにしか使わないけどね。一人ずつしかできないから、割合と面倒なんだよ】

暁は助手席で、無言のままフロントガラスの向こうをじっと見つめた。

【お前は運転免許証を持っているのか？】

【ないよ。その必要もないしね】

キエフはにこりと笑う。

【じゃあ助手席に行け】

【運転免許証はなくても、運転はできるよ】

【そんなことはどうでもいい。免許証も持ってない上に、あんな荒っぽい運転をされたらたまったもんじゃない。さっさとどけっ！】

暁に怒鳴られて、キエフは渋々と運転席から降りて助手席に移動した。暁はハンドルを握りフッとため息をついてから、車をスタートさせる。さっきまでの猛スピードからすると、暁の運転する速度はまるでお散歩でもしているかのようにのんびりと感じる。

「おい、アル」

暁の肩の上、アルは顔を上げ「ギャッ？（何？）」と鳴いた。暁が自分を呼ぶ声が、やけに冷え冷えとしているのが気になる。

「……お前もできるのか。記憶操作ってやつが」

暁にジロリと見下ろされ、アルは首をブルブルと横に振った。

「どうしてできないんだ？　お前だって吸血鬼なんだろう」

正直なところ、わからない。キエフができるのは知っていたけれど、自分はとてもやれる気がしなくて試したこともないし、その能力が必要なほど、人とも関わってこなかった。

【キエフ、こいつは記憶操作ができるのか？】

信用できないのか、キエフにまで聞いている。

【できるんじゃないの？】

【おい、キエフはできるって言ってるぞ。もしかしてお前、俺相手に使ったことがあるんじゃないだろうな！ 道理で最近、おかしいと思ってたんだ】

そんなの濡《ぬ》れ衣《ぎぬ》だ。勝手にそうと決めつけている暁の口調に、アルは悲しくなる。暁の記憶を操作なんてするわけない。そんなことができるなら、もっと自分に優しくしてくれるように吹き込んでる。アルは「ギャッギャッ！（そんなことしてない！）」と猛烈に抗議した。

二人のやり取りを静観していたキエフが【それじゃあさ】と間に割って入った。

【アルは違うって言ってるみたいだし、試してみればどうかな】

【試すだと？】

【記憶操作ができるかどうか、アルに実際にかけてもらうんだよ。それで僕が判定する】

【試すって、こいつは今蝙蝠だぞ】

憮然《ぶぜん》とした表情で暁が言い放つ。

【蝙蝠でも同じだよ。ただ額に触れるから、蝙蝠の鉤爪だとちょっと痛いかもしれない

けどね】

暁は気になって仕方なかったようで結局、試してみることになった。運転しながらだと危ないので、車は道の端に止める。キエフが右の人差し指をちょいちょいと動かしながら、暁に説明する。

【アキラ、今朝食べたものを思い出して喋ってくれるかい。アルに記憶操作をしてもらってから、もう一度同じことを聞くよ。それでアキラが食べたものを全て前と同じに言えたらアルは記憶操作ができないし、もし出てこないものがあったら記憶操作ができているってことで】

【どうして大事な記憶を実験台にして、こいつの妙な力の証明をしないといけないんだ！】

暁は納得のいかない顔をしている。

【平均寿命を大雑把に八十歳として、朝食を食べる回数は一生のうちで二万九千二百回。そのうちの一つぐらいなくなったって不都合はないだろう】

暁はムッとした表情で口を引き結び、アルの背中をひょいと摑んだ。

【おい、一度きりだからな】

記憶操作とかどうでもいいのに、強く脅されてアルは頷いた。暁は今日の朝食を吐き捨てるように呟く。そしてアルの鉤爪を額にあてた……というより、体ごとグイグイと押しつけてくる。「くっ、苦しい……」と思いながら、適当に「消えろ、消えろ」と唱えた。その時、フッと頭の中に鮮やかな映像が流れ込んできた。ベーグル、スクランブルエッグ、バター、コーヒーにアイスクリーム……アルが「消えろ」と念じると、スクランブルエッグだけがポンと消えた。後は残ったまま。消えろ、消えろと願っても消えない。そうしているうちに、暁はアルを額に押しつけるのをやめた。

【おい、記憶操作をやってみたか？】

アルは渋々頷いた。

【じゃあアキラ、もう一度喋ってみて】

キエフに促され暁が喋る。喋りながら、暁の表情が次第に渋くなるのがわかった。

【おい、何も消えてないじゃないか。本当にやったのか】

キエフとアルは顔を見あわせた。

【アキラ、アルは記憶操作ができてるよ】

【……何だと】

【君が食べた五つのうち、一つが消えてる。スクランブルエッグがね。それだけ消したのか、他が消えなかったのかわからないけど、多分後者じゃないかな。特定の記憶だけ消すっていうのは、割合と面倒なんだ】

アルは暁に摑まれたまま、キエフに向かってコクコクと頷いた。

【結論として、アルも記憶操作はできる。ただ五つ消したいうちの一つだから、完全に記憶を消すことはできない。ま、人間の物忘れのレベルで、実質的にはほとんど役に立たないってことかな】

「密かに記憶を操作していたのでは」という誤解が解けてホッとしたが、よくよく考えたら五分の一は使えるということだ。暁に「自分のことを好きになれ」と五回言い聞かせたら、そのうちの一回はちゃんと効いて、そしたら……。

「おい、アル」

アルはビクリと体を震わせて暁を見上げた。

「その中途半端な力を使って、よからぬことをやろうと考えてないだろうな」

まるで心の中を見透かされているようで、アルは冷や汗をかきながら必死で首を横に振った。

「そんなことをしてみろ！　絶対に許さないからなっ」

【君らは時々日本語で喋るから、何を話しているのかわからないよ】

【個人的なことだ。お前は知らなくていい】

暁の嚙みつかんばかりの勢いに、キエフはやれやれといった表情で緩く首を振る。

【記憶の一つや二つ、どうなったっていいじゃないか。どうせ大半は忘れていくんだから】

【そういう問題じゃない！】

暁はアルを潰しそうな勢いで握り締め、大声で怒鳴りつけた。

空港に着いたのは、午後二時過ぎだった。三時の飛行機を予約していたが、どうも前の便が遅延しているらしく、その影響で一時間遅れるとアナウンスが流れた。

暁は待合室の椅子に腰掛けた。キエフはぶらぶらと周囲を歩き回り、若くてぱっと見が派手な女の子を見つけると早速声をかけ、楽しそうに話しはじめた。

暁はウトウトと居眠りをしている。ゆらゆらと暁の体が揺れるのが気持ちよくて、アルも肩の上で小さく欠伸をした。あともう一歩で眠りのベッドに飛び込めるというまさにその時、アルの体に衝撃が走った。

骨が折れんばかりの勢いでムンズと掴まれたのだ。しかも乱暴に振り回され、世界がグルグルと高速回転する。

「ギャギャギャーッ」

アルは叫び、自分を圧迫するものに嚙みついた。

【痛いっ】

体の拘束が外れる。目が回っていたアルは空中を、酔っ払いのようにフラフラと飛んだ。再び体をガシッと摑まれる。アルは反射的に噛みついたが、今度の手は離れなかった。

「おいっ、アル！」

暁の声だと気づき、慌てて噛むのをやめた。【エーンエーン】と傍で子供の泣き声が聞こえる。五歳ぐらいの男の子が椅子の横に座り込んで泣いていた。

【大丈夫か】

暁が声をかけると、子供は顔を上げる。噛みついてしまった子供の手から血は出ておらず、ホッとした。その子の母親らしき女性が駆け寄ってくる。子供は泣き止んでいたのに再び激しく泣きはじめた。

【うちの子に何をしたの！】

二十代後半かと思われる母親が、暁を睨みつける。

【俺の蝙蝠にあなたの子供が悪戯《いたずら》をしたんだ。それで蝙蝠が驚いて噛みついた。悪気はなかったんだ、許してほしい】

【どうしてそんなに凶暴な蝙蝠を野放しにしているのっ】

母親の怒鳴り声に、暁の眉がヒクリと動いた。

【噛みついたのは申し訳なかったが、こいつはおとなしい蝙蝠だ。人間だって、いきなり振り回されたら驚くだろう。蝙蝠だって同じだ】

【うちの子は怪我をしたのよ！　責任を取ってちょうだい！】

母親が両手を握り締める。

【では聞くが、あなたの子供に不用意に触れられたせいで、この蝙蝠が怪我をしてしまったら、責任を取ってくれるのか。小さな動物は人と違う。骨も脆《もろ》い】

一瞬だけ怯《ひる》んだものの、母親は【何よ、たかが蝙蝠じゃないの】と吐き捨てた。暁の表情に、はっきりと苛立ちが浮かび上がってくる。

【たかが蝙蝠とは何だ！　それに俺はこちらが悪くないとは言ってない。嚙みついた蝙蝠にも責任はある。だけど人のものに、生き物に勝手に触れた子供にも責任はある】

【責任、責任って、この子はまだ五歳なのよ】

【幼くて責任が取れないと思うなら、親がちゃんと見ているべきだ】

二人は人目も憚《はばか》らず大きな声で怒鳴り合うので周囲の乗客の視線がこちらに集中する。そのうち空港の職員までやってきて、結局、アルは飛行機の客室ではなく、貨物室に預けるということで話はついた。とはいえ、小鳥用のケージなど準備していなかったので、アルは布袋に突っ込まれたまま貨物室に行くことになった。

手荷物と共にアルは袋のまま飛行機への搭乗を待った。布袋の中は暗いし、何もできない。じっとして寝ること以外は。

あの子供には参ったけれど、暁が全面的に自分を庇ってくれたのは嬉しい。暁はいつでも自分の味方だ。アルはちょっぴりいい気持ちでそっと目を閉じた。

体がじわっと熱を持ってきて、フッと目が覚めた。辺りは真っ暗で、グオーッという轟音《ごうおん》に包まれている。羽を動かしてみると、布が体に絡みつく。加えて独特の油臭さ。自分はまだ、飛行機の貨物室の中にいるんだろう。

時計を持っていないので正確な時間はわからないが、嫌な予感がする。予定では、日没の前にシカゴへ着くはずだった。待合室にいた時から一時間は遅れると予《あらかじ》めわかってはいたが、更に遅れたのだろうか。体がどんどん熱くなってきて、あの感覚がやってくる。鉤爪が五本の指になりはじめた。飛行機の貨物室で人間になるなんて最悪だ。だけど変化のはじまった体はもう止められない。

布袋を破り出て、アルは人間の姿になった。真っ暗な貨物室で、全裸のまま途方に暮れる。この状態でシカゴの空港に着いて、職員に見つかったら間違いなく通報、逮捕される。罪状は何だろう……公共の場で裸でいたこと？　それとも無銭搭乗だろうか。

暗闇の中、手探りで暁の鞄を探す。スーツケースの上にあったので、割合と簡単に見つけられた。服を身につけたことで、とりあえず「裸の変態」と罵られることは回避できる。

スーツケースを腰掛けにして、アルはため息をついた。問題はどうやって貨物室を出るかだ。人型になってしまったものは仕方がない。飛行機代を払うと言って謝れば「いいですよ」と許してくれるだろうか。いや、まず確実に警察だろう。

……暁は今の状況に気づいているはずだ。どうにかしようと考えてくれているかもしれない。そちらの対応に期待をかけて、ふと気づく。暁は普通の人間だ。スーパーマンじゃない。どうにかしたくても、どうにもできないことがある。

じゃあキエフが手を貸してくれないだろうか。たとえば荷物係の記憶操作をするとか。我ながらいいアイディアだが、荷物係の記憶操作をしてくれとどうやってキエフに頼む？　通信機器もない今の状態じゃ不可能だ。

アルは猛烈に考えた。考えているうちに、ふと右手に触れているものに気づいた。それは自分が腰掛けがわりにしていた、古いタイプの大きなスーツケースだ。

時間を知る手段がない今、いつ飛行機が空港に着いて、貨物室のドアが開けられてしまうかわからない。

……迷っている暇はなかった。

着陸と思われる大きな衝撃のあと、しばらくしてエンジン音が消えた。飛行機は空港に着いたらしい。バタンと扉が開く音がしたかと思うと、アルは何度も転がされたり、投げられたりの衝撃を受けながら、最終的にガタガタと動く台に載せられた。

レトロで大きなスーツケースにアルは忍び込んでいた。中身は、プラスティックのコンテナの中に移し、貨物室の一番奥へと押し込んだ。スーツケースの持ち主には本当に申し訳なくて、アルは昨日買った便箋に「sorry」と書いてコンテナの中に押し込んだ。

ガタガタと揺られながら、アルは猫のように丸まり、息を殺しじっとしていた。とりあえず「空港の外へ出る」が目標だ。そこさえクリアすれば後はどうにでもなる。

揺れていたスーツケースが引きずられ、ドンという軽い衝撃と共に止まった。そろそろターンテーブルに載せられるかと思ったがその気配がない。人の話し声はしているが、よく聞こえない。十五分程経った頃だろうか、再びスーツケースが動き出した。

「うっわ、いったい何入れてんだよ。無茶苦茶重いな」

聞こえてきたのは、まさかの日本語だった。ガラガラガラ……スーツケースが引きずられる。アルは激しく後悔した。スーツケースの上と下をまったく考えていなかったので、逆さになったまま、移動する羽目になった。おまけに運んでいる日本人は乱暴なのか、凹凸に引っかかるたびに力まかせに引っぱるのでゴッゴッと頭をぶつける。

スーツケースを転がしているのはおそらく持ち主だろう。そろそろ空港の外に出たんじゃないだろうか。後はいつスーツケースから飛び出すかだ。

「タクシー……えっと、タクシー乗り場は……」

男はどうやらタクシーに乗ろうとしている。レンタカーではなくタクシーなら、それほど遠くへは行かないはずだ。タクシーのトランクに入れられている間にスーツケースから出て、男が目的地に着きトランクが開けられると同時に飛び出して逃げる。そこが知らない場所だったとしても、人に道を聞けばいい。

暁が宿泊先にしている家の場所はわからないけど、今日から酒入がシカゴに入るので、彼の宿泊先のホテルは教えてもらっていた。そこに行けば暁とも連絡を取ってもらえる。

男はタクシーに乗ったらしく、スーツケースはトランクに入れられたような雰囲気があった。スーツケースの中に忍び込んで空港脱出なんて、場当たり的な作戦の割に上手くいって、ホッと息をついた瞬間、ガタンとスーツケースが跳ねた。縦になってゴロゴロ転がされるよりは数段マシだけれど、タクシーもけっこう揺れる。

そろそろスーツケースを出ておこうと、アルは脱出用に少し開けておいたファスナーの隙間を探したが、ない。どこにも隙間がない。

「んっ、んーっ？」

確かに二インチ程の隙間を開けていたのに指で探っても見つからない。移動している間に閉じられたのかもしれなかった。ファスナー部分を破って出られないかと手足をバタつかせるも、小さな要塞はビクともしない。

　スーツケースの中で悪戦苦闘しているうちに、タクシーが止まる。信号待ちでないのは、バタンとドアの開く音でわかった。トランクが開けられる気配。それと同時に逃げ出すという計画は失敗に終わった。

　いっそここで声をだしてしまおうか。「スーツケースに閉じ込められた」とトラブルの被害者を装って。だけど用心深い人ならスーツケースを開ける前に「中に不審人物がいる」と警察を呼ぶかもしれない。

　それなら中に入ったまま行くところまで行って、持ち主が開けるのを待った方が賢明かもしれない。目撃者が一人だけなら、知り合いや警察を呼ばれても、彼らが駆けつけるまでにきっと逃げ出せる。

　スーツケースはトランクから取り出され、床に下ろされたようだった。再びゴロゴロと転がされる。人の話し声からして、どうやらホテルに着いたらしい。床も路面と違って滑りのよいものになったのか、転がされる速度が速くなった。一度ガタンと大きめの衝撃があり、狭い場所でも気圧の変化を感じた。エレベーターに乗ったんだろう。

　エレベーターは二度止まり、三度目にスーツケースが動き出した。床が柔らかいのか転がされても振動が少ない。不意にぴたりと動きが止まった。コンコンとノックの音が聞こえる。

「春瑠《はる》ちゃん、僕だよ」

男が誰かを呼んでいる。アルは息を呑んだ。ガチャリとドアの開く音。

「スーツケース、本当に見つかったんだ。よかった〜渡辺《わたなべ》さん、ありがとう」

女の子の声だ。この子も日本語で喋っている。

「荷物、中まで運ぶよ」

アルはゴロゴロと……おそらく部屋の中に連れていかれた。

「服と化粧品、メイクさんと買いに行こうかって話をしてたんだ。待ってて正解だった」

春瑠ちゃんと呼ばれた女の子の声を聞いたことがあるような気がする。どこでだったか思い出せないけれど。

「春瑠ちゃんのスーツケースだけ、ツアー客の荷物と一緒になってネブラスカ行きの飛行機に載せられたって聞いた時はどうなることかと思ったけどね。アメリカだから対応も遅いんじゃないかと気が気じゃなかったが、その日の便で送り返してもらえて助かったな。それにしてもこの中、何が入ってるんだ。すごく重たかったぞ」

春瑠ちゃんは「えーっ……別に普通？」と答える。

「初めての海外だし、荷物が多くなる気持ちはわからんでもないけどね」

リズムのある電子音が響き「おっ、誰からだろ」と男が呟く。それと同時にアルの入ったスーツケースはゴロンと横倒しにされた。

「本当だ。何かすっごく重たい」

春瑠ちゃんが呟く。

「こんなに重たかったたっけ？　……ま、いいけど。それより眼鏡、眼鏡……」

ジャッとファスナーが勢いよく開き、スーツケースがパカッと開いた。心の準備ができていなかったアルは体が固まり、そして彼女……おそらく春瑠ちゃんとしばし見つめ合った。目がぱっちりと大きくて細身の、十代後半と思しき女の子。この子、声だけじゃなくやっぱり顔を見たことがある。

「……渡辺さん」

「んーっ、何？　春瑠ちゃん」

返事はするものの、渡辺と呼ばれた男はスマホの画面に見入っている。歳は三十ぐらい、短髪でがっしりとした体格で眼鏡をかけている。

「スーツケースに人が入ってた」

「ははっ、何を言ってんだよ」

こちらを振り返った渡辺がアルを認め、驚愕の表情と共に「ひいいいいっ」と悲鳴をあげた。アルは慌てて逃げ出そうとしたものの、狭い場所で小さくなっていたせいで足が痺《しび》れていて、すぐには立ち上がれなかった。

「ぼく　あやしいもの　ちがう」

「何が怪しくないだっ。怪しさ満点じゃないか！」

渡辺が怒鳴る。

「すぐ　にげる　ごめんなさい！」

アルがドアに向かってヨタヨタと歩き出すと、渡辺がバッと前に立ちはだかった。その両目は闘牛のような獰猛《どうもう》さでこちらを睨みつけている。

「お前は何だっ！　春瑠奈のストーカーかっ！」

「ぼく　ただの　アメリカじん」

「外国人なのは見りゃわかる!!　春瑠奈、警察に電話しろっ！」

警察はまずい！　下手して正体がばれたら研究所行きだ。

「渡辺さん、アメリカの警察も110番でいいのかな？」

春瑠ちゃんがのんびり聞いてきて、渡辺が怒鳴った。

「ああ、もう誰でもいい。とにかく人を呼んで！」

人が集まれば集まるだけ、不利になる。こうなったら、闘牛の壁を越えるしかない。

アルは体を小さく丸め、弾丸になったつもりで渡辺に突進した。

ぶつかった瞬間、アルは胸許をグッと摑まれた。「フンッ」と渡辺のかけ声が聞こえ、空中にふわりと体が浮き上がる。そして数秒後には床に、男の体重と共にドーンと叩きつけられていた。そのまま首を押さえ込まれて、身動きが取れなくなる。

「とんでもない野郎だ！」

グイグイと喉を締め上げられて、あまりの苦しさに失神しそうになる。ドタドタと近づいてくる複数の足音は、絶望。もう駄目だ。警察に連れていかれる……。

「だっ、大丈夫ですか！」

うつ伏せにされていて周囲がよく見えないが、耳に馴染んだ声が聞こえた。ハッキリと。

「おい、どうしたんだっ！」

こっちの声も、聞いたことがある。

「外国人のストーカーだ。ホテルのフロントに電話して、警察を呼ぶよう言ってくれ」

「よし、わかった」

内線に向かった男の後ろ姿が、酒入に似ている。

「三谷君、悪いが何でもいいから手足を縛れるようなものを持ってきてくれ」

アルは無理矢理顔を上げた。間違いない。向かいに立ってこちらを見下ろしているのは三谷だ。

「あ……あれ？」

三谷も気づいたらしく、ぽかんと口を開けている。

「ケインじゃないか。春瑠奈ちゃんの部屋で何してるの？」

「みたに　どうして？」

「どうしてって、ここが『まひろ』のロケ出演者の宿泊先だからさ。ケインは先に現地入りしたんだよね」

アルを押さえつけている渡辺は、話をしている二人へと交互に視線を向けた。

「三谷さん、このストーカーと知り合いなんですか？」

「彼は前シーズンから続けて吸血鬼、キーガン役をやることになっているケイン・ロバーツさんですよ」

渡辺が「えええっ」と叫んでアルの顔を不躾《ぶしつけ》に覗き込んだ。

「言われてみれば微妙に男前だが、かっ、顔が違うじゃないか」

「ケインのメイクは、特殊メイクに近いから……」

アルの首をへし折らんばかりに押さえつけていた渡辺の力が少し緩む。おかげでようやく楽に息ができるようになった。

「三谷君、フロントって何番だっけ？」

受話器を片手に酒入が振り返る。

「酒入さん、電話はとりあえずいいみたいです」

「いいって、警察呼ぶんだろう……んっ、あれっ？　ケインさんじゃないか」

三谷と酒入が自分を知っていたおかげで、渡辺の寝技攻撃からようやく解放された。

どうやら自分は偶然にも『BLOOD GIRL まひろ』セカンドシーズンの主演、北里春瑠奈のスーツケースに忍び込んでしまっていたらしい。

「あなたが俳優だということはわかりましたが、人のスーツケースに無断で忍び込むなんてどう考えてもおかしいと思います」

神妙な面持ちで渡辺が告げたのに、プッと笑い声が聞こえた。三谷が口許を押さえている。

「笑い事じゃ……」

渡辺の言葉に、酒入の「うっはっはっは！」という大爆笑が重なった。

「ケインさん、そんなアメリカ流の捨て身のジョークは、日本人にはウケないんだよ」

腹を抱えて笑う酒入の隣で「いい加減にしろっ！」と渡辺が叫んだ。

「冗談じゃない！ 今回は春瑠奈がスーツケースを開けた時に俺がいたからよかったものの、もしこれが彼女一人の時で、何か間違いでもおこったとしたら、笑い事じゃすまされませんよ！」

酒入は「まぁまぁ……」と怒りで興奮している渡辺の肩を叩いた。

「アメリカ人のジョークは日本人にはきっついものがあるけどさ、これもお国の違いだと思って許してやってくれよ。ケインさんはいい人だよ。前のシーズンの時も面白Tシャツとか着てきて、撮影現場の雰囲気を和ませてくれてたんだ。……あぁ、そういえば春瑠奈ちゃんがすごく緊張する子だって前に俺が話したから、こういう遊びでリラックスさせようとしてくれたんじゃないかな。それにケインさんが春瑠奈ちゃんとどうこうっていうのは、絶対に大丈夫、ありえないから。俺が保証するし」

「何を根拠に大丈夫なんて言うんですか！」

ある意味、ポジティブシンキングな酒入に渡辺が食ってかかる。言葉に詰まった酒入は、チラリとこちらを見た。自分でどうにかしろってことだな、と思いアルは一歩前に進み出た。

「はるなさん　ごめんなさい　もう　しません」

春瑠奈に向かって深く頭を下げた。

「私は大丈夫。ちょっと驚いたけど、面白かったし」

本人は笑ってるのに、渡辺の表情は相変わらず般若《はんにゃ》のままだ。

「役者も役者なら、プロデューサーもプロデューサーだ。常識がない！」

たまたま現場に駆けつけて、自分を庇っただけで酒入まで悪く言われているのが耐えられなくて、アルは「さかいり　わるくない」と思わず口にしてしまった。

「悪い、悪くないの問題じゃない！」

激昂《げっこう》する男は手が付けられない。酒入は困ったようにガリガリと頭を掻いた。

「まぁ、そんなにカリカリしないでくれよ。今回はケインさんもちょっと遊びが過ぎたけど、春瑠奈ちゃんも気にしないって言ってくれてるし。それにその……ケインさんにはちゃんと相思相愛の恋人がいるからさ」

隣で三谷が大きく頷く。

「酒入さんの言う通り、ケインは大丈夫ですよ」

「あなたたちは大丈夫、大丈夫って言うが、何が大丈夫なんだ。説明してください！」

酒入と三谷は互いに顔を見あわせる。

「えっと……そこは、プライベートとか色々あって……」

モゴモゴと言い訳する酒入に「だから何なんですかっ！」と渡辺が怒鳴る。

「もしかして、ケインさんってゲイなんですか？」

それまで黙って様子を見ていた春瑠奈が、無邪気に聞いてきた。渡辺は表情を強張らせ「えっ」と絶句し、酒入と三谷も黙り込む。

「ぼくほんものゲイちがう！　あきらだけ　だから　ちょっとゲイ」

アルは咄嗟《とっさ》に言い訳していた。

酒入は「ちょっとゲイか。新しい言葉だな」とぼそりと呟き、渡辺と春瑠奈に向かって苦笑いした。

「ええと……これからのケインさんの俳優人生もあるんで、自分からカミングアウトされるまで、今の話はオフレコってことでよろしく〜」

「気になる」

空港に預けてあったチェロキーを運転しながら、暁が呟いた。

「あの春瑠奈って女優とマネージャーがずっと俺を見ていたんだが。前に会ったことがあるんだろうか」

……アルは言えなかった。あの場にいたキエフ以外の全員が、自分と暁をカップルだと思っていたということを。

アルが春瑠奈の部屋に来てからきっかり一時間三十分後、暁とキエフが春瑠奈のスーツケースの中身と共に部屋を訪ねてきた。キエフは「アルの従兄弟《いとこ》なんです」と嘘をついて自己紹介していた。

この部屋でおこったことと春瑠奈のロストバゲージの件をアルは酒入に借りたスマホで暁に話していた。それを聞いたらしいキエフは、辻褄《つじつま》を合わせた言い訳をつらつらと口にした。

【随分と驚かせてしまったようで、申し訳ないです。オマハの空港でケインとアキラと三人で一緒にいたら、たまたまアキラが空港職員に日本人観光客の荷物のことを聞かれたんです。「シカゴで降ろすはずの荷物が、手違いでオマハの空港まで来てしまった。

持ち主はわかっているが、名前の読みの確認がしたい」ってね。その名前をケインが見て、今回のドラマロケの出演者だと気づいたんです。そこでスーツケースに忍び込むっていう悪戯を思いついてしまって……ほんのジョークだったんですよ】

キエフの大らかで柔らかな謝罪を、暁は抑揚をつけずに淡々と訳した。散々怒っていた渡辺も、今は好奇心剝き出《むきだ》しの視線で暁をチラチラと見ている。

【本当に申し訳ありません。この通り、荷物の中身は全てこの中に移してあります。鞄ごとお受け取りください。ご婦人のプライベートに踏み入って、迷惑をかけたお詫《わ》びです】

キエフが春瑠奈に差し出したのは、アルでも知っている超高級ブランドの旅行鞄。春瑠奈はそれを知ってか知らずか「どうもすみません」と飄々《ひょうひょう》と受け取る。隣に立っている渡辺の方が鞄を見てゴクリと生唾を飲み込んでいた。

「……あの」

春瑠奈の視線が、通訳をしている暁へとまっすぐに向けられた。

「あなたが暁さんですか」

いきなり名指しされ、暁は「んっ、ああ。そうです」と首を傾げた。

「とてもかっこいいですね」

嬉しいというより迷惑そうな顔で、それでも何か言わないといけないと思ったのか

「ありがとう」と、暁はぶっきらぼうに返事をする。

「もしかして役者さんですか？」

「いいや」

渡辺が「ああ」と呟いた。

「すごくハンサムなのにもったいないなあ。顔のいい男は多いけど、雰囲気のある人は意外と少ないんですよ。うちの事務所でよかったら色々と……」

「俺は芸能界に一切興味はない」

場の雰囲気が凍りつく。芸能界まっただ中、役者、プロデューサーの前でそれはないだろう。鈍い暁も、自分の一言で周囲がどういう空気になったのか気がついたようだった。

「ドラマやバラエティ番組を見ないから興味がないだけで、芸能界全体を否定するつもりはない」

……それからすぐ、暁とアルは部屋を後にした。キエフはこのホテルに空きがあったとかで、部屋をとっていた。

暁の運転するチェロキーは、シカゴの街中を縫うように走る。

「でもまあ、女優もマネージャーもどうでもいいか。俺には関係ないからな」

フッと暁は息をついた。

「昨日は雑貨屋で強盗に遭って、今日は今日で速度違反で警察に捕まりそうになった上に、お前のスーツケース騒ぎ。こっちに来てからずっとトラブル続きだ。何一つスムーズにコトが運んだ記憶がない」

「ごめんなさい」

思わず謝っていた。

「別にお前を責めてるわけじゃない。雑貨屋は偶然だし、速度違反をしたのはキエフだ。今日の飛行機は……俺もまさかあんなに遅れるとは思わなかった。お前に伝えようにも、貨物室には入れないしな。キエフ……あいつは霧になれるから貨物室に忍び込もうとしたんだが、密封されているせいで無理だった。こっちにも手だてはなかったが、まさかスーツケースに忍び込むとはな。面倒をかけられることも多いが、今回はキエフがいてよかった。空港でお前を捜し回っているうちに酒入から連絡を受けて、職員から女優の荷物を受け取った時も、あいつが記憶操作をしたおかげで面倒な手続きが一切必要なかった」

車はホテルから十分ほど走った、住宅街の中にある一軒の家の前で止まった。白く高い塀に囲まれた屋敷。アルが解凍された家に違いないが、あの時はまだ暗かったし、股間が痛くてたまらなくて、周囲を見る余裕がなかった。

鉄製で繊細な曲線を描く大きな門。その隙間から見える家は、屋根が尖っていて白く大きい。今はあまり見ない古いつくりの家だ。暁がインターフォン越しに声をかけると、音もなく門が開いた。

門から屋敷、そしてガレージまでの間にはいくつか外灯がともり、大理石のようなツルツルした石が、道の上に敷き詰められていた。薄暗い中でも、庭の芝生が綺麗に手入れをされているのがわかる。

暁は車をガレージに入れ、荷物を取り出した。玄関に回り、呼び鈴を押そうとしたところで、ドアがバタンと開いた。

【あぁ、暁！　会いたかったよ】

黒い塊が飛び出してきて、暁を思いっきりハグした。

【……久しぶり、ディック】

ギュウギュウと抱き締められながら、暁は苦しげに呟いた。しがみつくその男が、憧れのリチャード・カーライルだと気づいた時、アルは軽く目眩《めまい》を覚えた。映画界の大御所、カリスマ。彼の功績や肩書きが凄すぎて正視できない。暁はそんな有名プロデューサーをディックという愛称で呼ぶほど親しいのだ。

リチャードはテレビで見るのと同じ、白髪交じりのくすんだ金髪、夜明けに似た淡青色の目をしていた。目尻の柔らかい皺には年齢を重ねた優しさが滲む。昔、俳優をしていただけあり、背が高くて手足が長い。白いVネックの厚手のカットソーにジーンズとラフな服装がとてもよく似合っている。五十を過ぎた今では、渋い父親役ができそうなナイスミドルだ。

プロデューサーとして頭角を現し大成功をおさめたリチャードは、十年ほど前『ホワイト・ブルーム』という映画に出演したのを最後に、俳優業からは手を引いている。

角度を変えて何度も暁を抱き締め、子供にするように額や頬にキスの雨を降らせたあと、ようやくリチャードは暁を解放し、隣に立っていたアルに気づいてくれた。

【君がアルベルト君だね、よく来てくれた！】

リチャードはにっこり笑って、右手を差し出してきた。

【あっ、はい。よっ……よろしくお願いします】

憧れのプロデューサーを前に緊張して、アルは少しばかり口ごもった。

【アル、君とは一度電話で話したね。想像していたよりも、もっとずっとハンサムだなぁ。……さぁ、二人とも入ってくれ】

家の中へと促される。憧れのリチャードに会えて舞い上がっているのか、アルは足許がふわふわした。

【あなたがここにいるなんて思わなかった】

暁の呟きに、リチャードはにっこり笑った。

【五年ぶりに愛しい息子が来てくれるというのに、仕事なんてしていられないよ。マネ

ージャーに交渉して、休みをもぎ取ってきた】

アルは思わず聞き耳をたてた。リチャードは「愛しい息子」と言った。暁はリチャード・カーライルの息子なんだろうか。だけど暁の両親は亡くなってしまったはずで……じゃあ養子とか？

三人がリビングに腰を落ち着けたところで、スマホの着信音が響いた。リチャードは大げさに眉を顰めてスマホを手に取り、画面を見て【ボブだ】と小さく舌打ちする。

【ボブはマネージャーなんだ。とても有能なんだけど、僕を忙しくさせるのが趣味みたいな男でね】

電話に出たリチャードは、席を外してボブと話をはじめた。【そりゃないよ】【どうにかしてくれ】と懇願する声が漏れ聞こえてくる。

通話を終えたあと、リチャードはひょいと肩を竦めた。

【ついてない。ボブがまた仕事を運んできた。急ぎの書類で、すぐに返事をしないといけない。君たちの話をすごく聞きたいのに、もうしばらくおあずけだ。ワインでも飲んで待っていてくれ】

暁が【いや】と右手をあげた。

【今日はもう休もうかと思ってたんだ。俺たちも色々あって疲れている。また明日話をしよう】

リチャードがあからさまに悲しそうな顔をする。

【そうかい？　それなら仕方ないけど……】

リビングの奥から、小さな足音が聞こえてきた。背の低い、白髪の老婆。危うくアルを撃ちかけたマーサだ。

【暁、アル、お帰りなさい】

暁は屈み込んで、マーサとハグした。

【旅は楽しかった？】

言葉に詰まった暁に、マーサは首を傾げる。

【アルの実家に行ったんでしょう。彼のご両親には会えたの？】

【いいや、俺は会ってない。今回はアルが帰省しただけだ】

マーサは【そう】とため息をつき、頬に手をあてた。

【田舎には保守的な人が多いから。……あぁ、そう、アルのためにあなたの隣の部屋を準備したけど、一緒の方がよかったかしら？】

【別でいい。たまにはゆっくり一人で寝たい。疲れてるしもう休むよ。おやすみ、マーサ、ディック】

名残惜しげな表情のリチャードを残して、暁は二階へと上っていく。アルも慌てて後についていった。自分に用意されていたのは隣の暁と同じつくりの部屋だ。天蓋付きのベッドにゴロンと横になり、ゲストルームとは思えないほど広い部屋と高そうな調度品を眺めていると、スーツケースに入って転がされていたのが遠い昔のことのように思えるから不思議だ。

しばらく横になったあと、アルは勢いをつけて起き上がった。厚いカーテンを開けると、ライトに煌々《こうこう》と照らされた広い庭が見渡せる。ここはシカゴでも高級住宅が建ち並ぶ、ゴールドコーストと呼ばれる地区に違いない。ホテルからも近かったし、周囲には大きな屋敷しかなかった。

立派な家ではあるものの、ここはリチャードの本宅ではないだろう。仕事を考えると本拠地はLAのはずだし、この家のリビングには写真が一枚も飾られていない。おそらくセカンドハウスのうちの一つだ。

ぼんやりと庭を見下ろしながら、ライトが明るいのは防犯を兼ねているのかもしれないと気がついた。リチャードへの嫌がらせや脅迫はアルがニュースで知っているだけでも何件かある。

有名人も大変だなと思いつつ、アルは窓辺から離れた。部屋の中にシャワーブースとトイレはあるが、他がどうなっているのか知りたくて、部屋にある扉や引き出しを片っ端から開けてみた。ベッドの横にある扉に手をかけると、カチャリと外側に開いた。クロゼットにしては変だと思いつつ中を覗き込んだら、スウェットに着替えた暁がベッドサイドに腰掛けていた。

「何の用だ？」

面倒くさそうに聞かれる。

「このドア なに？」

「コネクティングルームになってるんだろう」

ホテルでは見たことがあるが、個人の家で繫《つな》がっている部屋は珍しい。

「へぇ おもしろい」

「遊んでないで、サッサと寝ろ」

暁は大股で近づいてきて、目の前でバンッと扉を閉めた。すごすごと引き下がったアルは、シャワーを浴びてTシャツと短パンに着替えた。

明日はリチャードと色々な話ができるかな……と考えていて、気づいた。自分は夜が明けたら蝙蝠になる。夜はドラマの撮影だ。翌日は昼夜共に時間があるけれど、その時までリチャードはこの家にいるだろうか。

大きすぎる期待は、駄目だった時の反動が大きい……もう寝てしまおう。万が一リチャードに気に入られて映画のオファーを受けたとしても、夜だけ人型の自分に出演はきっとかなわない。

部屋の電気を消してベッドに入ったアルは、カーテンが閉じきれていないのが気になった。庭を照らすライトが明るいので、隙間から光が漏れ入ってくる。裸足《はだし》のまま床に下り、窓に近づく。右側を窺うと、暁の部屋の明かりは消えていた。

その時だった。アルは庭の中を横切る影に気がついた。暗くてよくわからないけれど、背が高そうなのでリチャードが庭を散歩しているのかと思い、アルは窓を大きく開けた。その瞬間、影が立ち止まってこちらを振り返った。若い男だ。痩せていて黒髪、髭を生やしている。

マーサの他に使用人がいるとは聞いてない。この広さの建物だ、いても不思議ではないけれど……男はアルに気づきながらも会釈はせず、闇の中へスッと消えた。何だか気になる。アルは靴を履いて廊下へ飛び出した。

階段を駆け下りて、外へ出る。ザーッと風が吹いた。強い風だ。嫌な予感がする。アルは庭を走った。ライトの光で、足許は明るい。玄関まで一周してきたけれど、どこにも人の気配はない。外へ逃げたのかもしれない。塀や門は高いものの、ロープや器具を使えば越えられない高さではない。

屋敷の中に入ると、ワインボトルを片手にキッチンから出てきたリチャードと鉢合わせた。

【リチャード、この家に男の使用人はいますか？】

【いや、いないよ】

アルが庭で人影を見た話をすると、リチャードの表情が僅かばかり曇った。

【最近、嫌がらせが多くてね。その類《たぐい》かもしれない。LAの家は庭のセキュリティも万全なんだが、ここはそれほどでもなくてね。けど屋敷内の防犯はしっかりしているから大丈夫だよ。せっかく遊びに来たのに、不安にさせて申し訳ないね。明日にでもセキュリティ会社に連絡して、庭の監視を強化するよ】

【あっ、でも僕の見間違いかもしれないし……】

リチャードは首を横に振った。

【見間違いぐらいで、庭に出ていこうなんて思わないだろう】

アルは口を噤んだ。

【ところで君、お酒は好きかな？】

リチャードはワインボトルをひょいと持ち上げて見せた。

リビングで、リチャードと一緒にワインを飲んだ。吸血鬼になってから、お酒を飲むのは初めてかもしれない。飲みたいと思わなかったからだ。だけど憧れのプロデューサーにすすめられて断れなくてワイングラスに口をつける。やっぱり血以外の食べ物や飲み物は、口に入れた途端に四散するようで、お腹にたまらないし酔いもしなかった。それでも飲んでいるという雰囲気はいい。

リチャードはアルコールに弱いのか、グラス一杯で頬がポッと赤らんでいた。

【暁が人と暮らしていると聞いた時は驚いたよ。頑固で、無愛想で、自分を表現するのが下手な子だろう。あの性格で、世間でちゃんとやっていけるかなって、ずっと心配してたんだ。カリフォルニアの葬儀大学を出た時も、僕はこっそり彼の就職先を手配してたのにサッサと日本に帰ってしまって、あの時は寂しかったな】

リチャードはため息をついた。

【おまけに日本に帰ってからは、ちっとも連絡がなくてね。忙しいだろうと思って遠慮してたら一年間、電話の一本もくれなかった。とうとう我慢できなくなって、僕から会いに行ったりしてね】

暁を好きで好きでたまらないというのは、リチャードの言葉の端々に溢れている。

【あの……リチャード、あなたと暁はどういう関係なんですか？】

思いきって疑問をぶつけてみる。するとリチャードは【ディックと呼んでくれよ】と微笑んだ。天下のリチャードを愛称で呼ぶなど、いくらお許しが出ても恐れ多い。

【血のつながりこそないけど、暁は僕の息子のようなものだよ。リリーの忘れ形見だしね】

ふとアルの脳裏を掠める記憶があった。

【リリーって、ハナエ・タムラのことですか?】

【そうだよ】

ハナエ・タムラは華奢《きやしや》でコケティッシュな魅力を持った日本人の女優だった。ハナエの名前が周囲になかなか馴染まなくて、名前の華《はな》、flowerにちなんで彼女が好きだった百合、lilyが愛称になったと映画俳優名鑑で読んだことがある。アルも二人は似ていると思っていたが、まさか親子だとは思わなかった。

【僕とリリーは恋人同士だったんだが、結婚はしなかった。僕はリリーが亡くなったあとで息子である暁の存在を知ったんだ。父親になりたくて、何度も養子縁組を申し出たんだけど、暁は「うん」と言ってくれなかった】

【話し声がすると思って下りてきてみれば、素敵なものを飲んでらっしゃいますね】

花柄のネグリジェ姿のマーサが、階段の傍に立っていた。

【一緒に飲むかい、マーサ】

リチャードが誘うと、意外にも【それじゃお言葉に甘えて】とマーサはキッチンに入った。ワイングラスとカットしたチーズを持ってきて、リチャードの隣に腰掛ける。そして豪快にグイグイとワインを飲んだ。

【いいお味ですね】

リチャードは【ヴィンテージだからね】と得意げだ。

【今、アルと暁の話をしていたんだ】

【あぁ、あの偏屈坊ちゃん】

……マーサは思いのほか辛口だった。

【あの子は愛想という言葉をママのお腹の中に置き忘れてきたんですよ。それでいて頑固で辛辣ですからね。一昨日《おととい》、五年ぶりに会った私に向かって何て言ったと思います？「縮んだか」ですよ】

リチャードは「クックッ」と笑っていたが【あなたも失礼ね！】とマーサに怒られ、子供のように小さくなっていた。

【色々と言いたいことはあるけれど、とにかく元気でよかったわ。それにあの愛想なしが恋人を連れてきて紹介してくれたんだもの。画期的ですよ】

【僕も驚いてるんだよ、マーサ。あの子はアメリカに住んでいた頃も、友達を家に連れてきてくれたことがなかっただろう】

【私はね、もとからあの子はゲイじゃないかと思ってましたよ。でもま、それはどうでもいいこと。この歳になると、余計にね。他人に何をどう言われようと、本人が幸せなのが一番ですから】

マーサはアルに向かってニコリと笑いかけた。二人からゲイカップルに対する理解を示されるたびに、アルは落ち着かなくなってくる。

【あの、僕と暁はその……まだ恋人同士じゃないんです】

ボソボソとアルが告白すると、聞こえなかったのかマーサが【なんですって？】と耳に手をあて問い返してきた。

【恋人じゃないんです。その、僕は暁のことが好きだけど、なかなか受け入れてもらえなくて】

リチャードが、アルの肩をポンと叩いた。

【心配しなくていいよ。暁もきっと君を愛している】

慈愛と確信に満ちた声だった。

【暁はね、何とも思ってない相手とベッドを共にできるタイプじゃない。それに今回は君のためにアメリカに来たんだろう。あんな子だからはっきりとは言わないかもしれないが、君は愛されているよ】

話を聞いているうちに、だんだんとリチャードの言っていることが真実のような気がしてきた。前々から自分は暁に優しくされていると思っていたけれど、他人から見てもそう感じられるなら、やっぱり愛情に違いなかった。

コッ、コッと足音がして斜め後ろを振り返ると、今度は暁が姿を現した。怪訝な表情でこちらを見ている。

【暁、みんな揃ってるよ。ワインでも飲んで、話をしていかないか？】

リチャードが誘っても、暁は【遠慮する】とキッパリと断ってキッチンに入った。そしてアイスクリームらしきカップを片手に出てくる。

【そっけない息子で僕は悲しいよ】

おどけた調子でリチャードが肩を竦める。暁は足を止め眉を顰めた。

【俺はあなたの息子じゃない。子供が欲しいなら養子をもらえばいいと俺は何度も言ったじゃないか】

【誰でもいいわけじゃない。僕は君の父親になりたかったんだ。でもいいよ。もう僕は勝手に君の父親だと思っているから】

暁が困ったような表情を見せ、マーサがため息をついた。

【暁、観念なさい。それからリチャード、あなたに一つだけ忠告しておくことがあります。過干渉な親はね、大抵嫌われるんですよ】

拗《す》ねたリチャードが口を噤み、それを見て暁が頰を緩めた。ソファに近づいてきて、背後からリチャードの肩に手を置く。

【明日ゆっくり話そう、ディック】

【わかったよ】

リチャードは肩に載せられた暁の手に自分の手を重ね、ポンポンと軽く叩いた。暁はほんの少しだけ微笑むと、二階のゲストルームへと消えていった。

【まるで息子に片思いしているようだ】

暁の後ろ姿を視線で追っていたリチャードがぽつりと呟く。マーサは笑った。

【暁は構われるのが苦手なんですよ。そろそろ気づいてあげなくちゃ】

【わかってるよ、わかってるけど……ついあれこれしてあげたくなるんだ】

【どっしり構えてらっしゃい。あなたの助けが欲しい時には、ちゃんと頼ってきているじゃありませんか】

【そうなんだけど……】

【きっとあの子はあの子なりに、色々と悩みがあるんでしょうね】

マーサはワイングラスを両手で持ち、目を伏せた。

【どうしてマーサは暁が悩んでるってわかるんだい？】

【アイスクリームを食べてるじゃありませんか】

リチャードは【えっ？】と声をあげた。

【めったに甘い物なんて食べない子なのに。葬儀大学の卒業試験の前だったかしら。もうびっくりするぐらい毎日アイスばかり食べていて、お腹をこわさないかとこちらが心配になりましたよ。試験が終わったらぴたりと食べている姿を見なくなったから、試験がストレスだったんだなと思ったんですけどね】

【悩みがあるなら、どうして僕に話してくれないんだ？】

今すぐにでも暁の部屋へ飛び込みそうな勢いのリチャードを、マーサがやれやれといった表情で見ている。

【何事にも時期というものがあるでしょう。私たちが必要なら、きっとその時に話してくれますよ。それまでは静かに見守っていればいいんです。暁はもう子供じゃないんですから、私たちが無理して聞き出す必要もないんですよ】

アルは慌てて立ち上がった。二人の視線が自分に集中する。

【僕ももう寝ます。今晩は楽しかった。リチャード、マーサ、おやすみなさい】

後を追いかけるようにして二階に戻り、アルは暁の部屋の前に立った。けれどドアをノックできない。理由がないからだ。結局自分の部屋へ引っ込み、キングサイズのベッドにゴロリと寝そべって時計を見ると、午前零時になろうとしていた。

ガタガタと窓硝子《ガラス》が揺れた。風が出てきている。シカゴは風が強いとみんな言う。ガタガタ……風はやまない。

アルはベッドから跳び起きて、コネクティングドアへと近づいた。頭の中を周回している迷いを無視して、ノックをせずに扉を開ける。枕許のライトだけがついた薄暗い部屋で、ベッドに腰掛けてアイスを食べていた暁がゆっくりと振り向いた。

「何だ？」

アルは部屋の中に入り、暁の隣に腰掛けた。この部屋の窓硝子も、ガタガタと音をたている。

「かぜのおと　いや」

暁はスプーンでアイスをすくって口の中に入れる。最後の一口だったのか、カップをゴミ箱に投げ捨てた。そしてアルを押しのけると、モゾモゾとシーツの中に潜り込む。寂しがりの存在を無視して、ぱちりと明かりを消す。

右か左か迷って、アルはよりスペースのある右側へ強引に入った。

「……自分の部屋に戻れ」

暁の声がそれほど嫌がってないように感じて、横向きに眠る背中にぴったりとくっついた。

「おいっ！」

「かぜのおと　いや　いっしょに　ねる」

暁は聞こえよがしに大きなため息をつき「勝手にしろ」と吐き捨てた。暁の傍は、当たり前だけどほんのりと温かい。仕事場を離れていても、髪から、体からほんのり血とエンバーミング溶液の匂いがする。これが暁の匂いだなぁとわかる。心がほやほやっと柔らかくなって、風の音なんて口実だったのに、耳から遠く遠くなっていく。

最初は心なしか荒かった隣の鼻息も、そのうちゆったりとしたリズムを刻みはじめる。

「あきら　ねた？」

顔を覗き込む。暗い中でも瞼がピクリと動いたのがわかった。それなのに返事はしてくれない。

「すごくすき」

瞼に力が入るのがわかった。それでも寝ている振りをする。

「すごくすき　いちばんすき」

無視を決め込んだ頬や耳に何度もキスをして、アルは暁を背中から抱き締めた。

「あきら　あいしている」

癖のある黒い髪にキスする。何だかとても幸福な気持ちで、アルは目を閉じた。アイスクリームの悩みがどんなものかわからないけれど、いつか自分に話してくれたらいいなと思いつつ、温かい背中に鼻先をスリスリと擦りつけた。


長距離ドライブ（運転したのは暁だったが）と、スーツケース騒動で疲れていたのか、アルは人から蝙蝠へ変身しても目覚めないほど熟睡していた。

枕の傍でうつ伏せになってグウグウと寝ているのを、ベッドメイクに来たマーサに摘み上げられるその時まで。

「ギャッ！」

アルは皺だらけの手に鷲掴みにされたまま、左右を見渡した。

【まったく……どこから部屋に忍び込んだんだろう。おまけにベッドに寝てるなんて、信じられないよ。蝙蝠は天井や軒下にぶら下がって寝るもんじゃないのかい】

顔を覗き込んでそう言われ、アルは「キューッ」と俯いた。

【おやっ？】

マーサの視線が、暁のベッドに残されていたアルの寝間着代わりのTシャツと短パンに注がれた。マーサはまじまじとそれらを見つめたあと、短パンを手に取った。中からパンツが滑り落ちてくる。

【アルもこっちの部屋に寝たのね。若い人ってのは、元気なものねぇ。さて、服を洗濯するついでに、シーツも洗おうかね】

何か大きな勘違いをしたマーサは、窓を勢いよく開けると、蝙蝠をポンと外へ放り出した。三回転して体勢を立て直したアルは、大きく開かれた窓からマーサがベッドのシーツをはぎ取るのを見た。

部屋の中に戻ったらマーサに怒られそうで、仕方なく屋敷の周囲を飛び回ってみる。時間はわからないが、太陽の位置からして昼に近いんじゃないだろうか。天気もよくて、ロケには絶好のコンディションだ。

こうやって空から見ても、リチャードの家は周囲の家と比べて倍ぐらい大きい。高く

高く飛び上がると、遠くにキラキラと、まるで海のように広々としたミシガン湖が見える。強い風が吹いて、ぶわっと背後に大きく飛ばされた。昨日、窓硝子を揺らしたのもこんな風だったのかもしれない。

強風に逆らわず、ふわふわ飛んでいるうちに、塀の周囲を歩いている男に気がついた。通りを行き来している人間は珍しくない。男が目についたのは、上を向いていたからだ。高い塀なので屋敷の屋根しか見えないのに。

こんなによい天気で寒くもないのに長袖のパーカーを着て、帽子を深くかぶっている。目許はサングラスでわからない。

アルの脳裏を、昨夜屋敷の庭で見た不審者の姿が過《よぎ》った。あの男に似ている気がする。髭はないけれど、顔の輪郭が何となく重なるし体も細身だ。……この男が昨夜の不審者と同一人物だとしたら、リチャードのファンで、家に忍び込もうとしたんだろうか。多分それは違う。男の雰囲気が、どことなくすさんでいるからだ。

アルは低空飛行で男に近づき「ギャッ！」と鳴いた。すると男はビクリと背中を震わせたものの、蝙蝠だとわかると【チッ】と舌打ちした。男が小さな生き物に注意を払ったのはその時だけで、すぐに別の通りに入っていった。後をつけていくと、男は道の端に止めてあった古いピックアップトラックに乗り込み、レイクショアドライブに入って南へ走り去っていった。全速力で追いかけたが、疲れて途中で断念した。

アルが最後に食事をしたのは、冷凍される三日前だ。沢山血をもらったので一週間は大丈夫だけど、徐々にお腹は減ってきている。帰国する日まで、体力は温存しておかないといけなかった。日本にいた時のように、葬祭会館に行ってご遺体から血を分けてもらうことはできない。空腹が耐え難くなったら暁が分けてくれるだろうけど、それだけは極力避けたかった。

ゆっくりと飛んでリチャード邸に戻ったアルは、新たに怪しい男を見つけた。スーツの上下で、歳は三十前後。ニキビあばたの残る顔で、辺りをキョロキョロと見回しながら庭を歩いている。昼間にここまで堂々と入ってくるなんて大した心臓だ。アルは「ギャーッギャーッ」と鳴いて威嚇した。

男はチラリとアルを見たものの、無視してどんどん庭の奥へと進んでいく。人に知らせた方がいいか迷ったが、間に合いそうにないので男の頭に飛びつき、爪をたてた。

【うっ、うわっ。痛《いて》えっ】

叩かれる寸前で飛び上がり「ギャーッギャーッ（出てけ、出てけ）」と大声で鳴いた。男の目に怒りが浮かぶ。アルも負けじと睨み返した。

【このクソ蝙蝠がっ！】

【どうかしたのかい？】

木陰からリチャードがヌッと姿を現して、アルは驚いた。

【この蝙蝠が襲ってきたんです】

家主の知り合いとなると話は別だ。アルは近くの枝に逆さまに吊り下がった。リチャードはアルをじっと見つめる。

【そういえばマーサが家の中に蝙蝠が入ってきたと話してたっけ。ひょっとしてこいつのことかな？】

アルはコクリと頷いた。それを見たリチャードの目が、大きく見開かれる。

【ヘンリー、見たかい。今僕の言葉に頷いたよ】

興奮したリチャードとは対照的に、ヘンリーと呼ばれたスーツ男は【偶然です】と断言した。

【人を襲ってくるし、迷惑なようなら今ここで駆除しますが、どうしますか】

【駆除っていうと……】

【撃ち殺します】

聞いた瞬間、アルはバタバタと飛び立った。撃たれるなんて冗談じゃない。とはいえ人化した時に裸になってしまうことを考えたら、家からあまり離れられない。ヘンリーから逃げて庭を回り込んでいたアルは、南側にあるプールサイドに暁がいるのを見つけた。泳ぐには少々時期が遅いので、椅子に座っているだけのようだ。暁は雑誌を膝の上に置き、緩慢な仕草でアイスクリームを食べている。

アルは暁の肩にトンと飛び乗った。黒い目がチラとこちらを見たものの、気にせず食べ続ける。そこへ蝙蝠を追いかけてきたリチャードとヘンリーがやってきた。

二人の視線は、暁の肩に乗っている自分に釘付けだ。ここにいればまず撃たれないだろう。アルはこそこそと暁の首筋に体を寄せ、顔を俯けた。

【暁、その……大丈夫なのかい？】

リチャードに問われ、暁は【何が？】とゆっくりと振り返った。

【肩に乗ってるそれは、蝙蝠じゃないかな】

【そうだ】

【君はいつから蝙蝠つかいになったんだい。あっ、マーサが君の部屋に蝙蝠がいたって話をしてたけど、もしかして……】

暁は面倒くさそうにため息をついた。

【俺のペットだ。扱いが面倒だから人に頼めなくて、日本から連れてきた】

【ペットならもう少し躾《しつ》けてもらえませんか。この蝙蝠はさっき私を襲ってきたんですよ！】

ヘンリーが唇を尖らせ文句を言う。暁に「そうなのか？」と聞かれ、勘違いとはいえ事実なので、コクリと頷いた。頭をぺしりと叩かれ、アルは「キューッ」と鳴いてうなだれた。

【すまなかった。叱っておいたから】

ヘンリーは納得しかねる顔をしていたものの、一応アルが制裁を受けたのでそれ以上は何も言わなかった。

ミネラルウォーターを手に、リチャードは暁の隣の椅子に腰掛ける。するとヘンリーがその頭の先にヌッと立った。視界に入らなくても存在感が凄い。

【ヘンリー、僕らのことはいいから庭で散歩でもしておいで】

【それはできません。あなたの身辺警護が私の仕事ですから】

ようやく状況を理解した。ヘンリーはリチャードのボディガードだったのだ。

【じゃあマーサの傍にいてやってくれ。僕らは男だから誰が来ても格闘できるけど、マーサは無理だから】

【あの婆さ……いや、マーサの傍にいると、洗濯、掃除と本来の仕事ではないことを言いつけられるので……】

ヘンリーが口ごもると、リチャードは笑った。

【マーサも歳だしね。仕事と思って手伝ってやってくれないか】

渋々といった表情でヘンリーが屋敷の中へと消えていく。途端、リチャードは暁の肩に乗っているアルに顔を近づけてきた。蝙蝠が気になって気になって仕方がないようだ。

【本当にこの蝙蝠は君のペットかい。僕が触っても大丈夫かな？】

【ああ】

リチャードがそろそろと頭を撫でてくる。アルはリチャードの指先に鼻面をくっつけて、スンスンと甘えてみせた。

【すごく人馴《な》れしてて、可愛いな】

気に入られると素直に嬉しい。アルは小首を傾げた必殺ポーズで「ギャッ」と鳴いた。

【猫や犬じゃなくてどうして蝙蝠なんだい】

【飼うことになったのは成り行きだ。けど俺はもとから蝙蝠が好きだったから】

リチャードは目を丸くした。

【そんなの初耳だよ】

【そうだったか？】

【どうして教えてくれなかったんだい？】

【聞かれなかったからな】

暁に会話をぶった切られても、話ができるだけで嬉しいのかリチャードは終始ニコニコとしている。

【君にはいつも驚かされてばかりだ。そんなところはリリーに似てる。彼女も人を驚かせることが大好きだった】

過去を語るリチャードの表情は優しくて今でもリリーを愛しているんだとわかる。愛した女性の子供だから、これほど暁を気にかけるのだろうか。それとも暁の中に、リリーの面影を見ているんだろうか。

【……そういえば、彼氏はどうしたんだい？　ずっと姿が見えないが】

暁は食べかけのアイスをサイドテーブルに置いた。

【知り合いに会うとかで、朝早くから出かけていった。ディック、誤解してるようだからはっきり言っておくが、あいつは俺の恋人じゃない。ただの同居人だ】

リチャードはまるで幼い子供に言い聞かせるように、ゆっくりと暁の名前を呼んだ。

【僕はLAに住んでいる。住人の四割が同性愛者の地区もある。仕事仲間やクリエイターにもゲイは多い。君がそうだからといって、偏見はないよ。それよりも、君が愛する人を連れてきて僕に紹介してくれたことがとても嬉しいんだ】

【ディック、本当にあいつは恋人じゃないんだ】

暁は力を込めて否定する。

【アルもそう言ってた。だけど恋人じゃないのに、君は彼と同じベッドで眠るのかい？】

暁は口を閉ざした。

【昨日も一緒に寝たんだろう。マーサが「二人を別々の部屋にするなんて、気が利かなかった」と言っていたよ】

【確かに同じベッドで寝たが、ああいうのは日本じゃ日常茶飯事だったんだ。昨日はあいつが風の音が嫌だと言い出して……】

リチャードの淡い色の瞳は、夜明けにも似た静けさで慈悲深く暁を見つめる。

【恥ずかしがらなくてもいいんだよ、暁。アルはハンサムで、優しくて、可愛い男じゃないか。何より、君を最高に愛している】

暁が耐え難いといった表情で目を細めた。

【ディック、正直に言う。同じベッドで寝ても、俺はあいつとアナルセックスはしてない】

聞いているアルの方が恥ずかしくなって赤面する。

【あぁ、ゲイのカップルだからといって、全員がそれをするとは限らないらしいね。いいんじゃないかな、お互いが納得いく形で愛し合えているなら】

何がどこへどう転がっても、リチャードが自分たちを一セットにしたいという気持ちは変わらないようだった。そのうち暁も説明するのに疲れたのか、黙って目を閉じた。

不意にリチャードがパチリと指を鳴らした。

【そうだ暁、夜にアルとマーサを誘って四人でディナーに行かないか。美味しいスペアリブを出すレストランがあるんだ】

暁は右手を緩慢に振った。

【アルは駄目だ。夜にドラマの撮影がある】

【ドラマ？　そういえばアルがドラマのロケでシカゴに来ることになったから、君も一緒についてきたんだったね。撮影は近くでやっているのかい？】

【詳しいことは知らないが、オークパークにある古い家を借りて、そこで撮影するらしい。……いや、それは昼間の話か。あいつは夜だけの出演だから、墓場で撮るとか言ってたな】

リチャードが勢いよく椅子から背を起こした。

【夜に墓場！　いったいどんなドラマなんだい？】

驚かれるのも無理はない。いくら墓場の公園化が進み、雰囲気がよくなっているとはいえ、足下に死者が眠っているのは確実で、進んで夜中に行きたい場所ではない。

【吸血鬼のドラマで、アルは敵の吸血鬼の親玉、ヒールだ】

【面白そうだなあ、見てみたいよ】

興味を示すリチャードに、暁はチッと聞こえよがしに舌打ちした。

【つまらんドラマだ】

確かに暁は最初からずっと『BLOOD GIRL まひろ』を面白くないと繰り返していたけれど、リチャードの前でもきっぱり言い放たれて、かなりショックだった。

【日本のドラマもアルも気になるなあ。少しだけでいいから見学させてもらうことはで

きないかな。プロデューサーとしての血が騒ぐよ】

暁が【それは……】と言い淀《よど》む。

【そうか、アルは出演していても、暁はドラマとは関係ないんだったね。今からマネージャーに連絡を取って日本のエージェントと話をしてもらって、ロケ見学の許可をもらうよ。日本のテレビの系列とドラマのタイトルを教えてもらえるかい】

【そんな大ごとにしなくても、ドラマのプロデューサーは俺の高校の同級生で、知り合いだ。事前に話をしてなくても、現場で一言断っておけば大丈夫だと思う】

リチャードは「Ｏｈ」と声をあげた。

【なんて素敵なんだ。昨日は恋人を紹介してもらい、今度は友達だ。君の大切な人に何人も会うことができて、僕は嬉しいよ】

ただの知り合いだ！　と暁が否定しても、リチャードは友達と信じ込んでいるようだった。

それからも二人は、微妙に噛み合わない会話を繰り返していた。そのうち暁がウトウトと眠りはじめ、アルも夜の撮影に向けての体力温存で、暁の肩先でうたた寝した。

スッと影が差して、アルは目を覚ました。顔を上げるとリチャードが暁をじっと見つめている。一瞬、室井のように恋愛感情を持っているのではないかとドキリとしたが、リチャードの目にあるのはただただ優しい温もりだった。

暁はリチャードに心から愛されている。両親はいないと言っていたけれど、心底思ってくれる人がいるのだ。

リチャードはアルの頭をそろそろと撫でてくれた。暁を起こさないよう、小さな声で「ギャッギャッ」とお礼を言う。

【仕事はエンバーマーでペットは蝙蝠か。……まるで君の方が吸血鬼みたいじゃないか】

リチャードの声は、微かに笑いを含んでいた。

アルをペットの蝙蝠として紹介されたマーサは、怪訝な顔をしていた。

【……最初にここへ来た時は、そんなもの連れてきてなかったでしょう】

暁は【手荷物検査で引っかかって、空港に留め置きされていて……】と苦しい言い訳をしていた。アルも何とかその言葉に信憑性《しんぴょうせい》を添えようと、暁に擦り寄ったり、甘えてみたりと馴れている様子を見せた。

【蝙蝠が家の中にいるのが嫌ってわけじゃないんですよ。ただ所構わず糞《ふん》をしたりしませんかね】

【躾はしているから大丈夫だ】

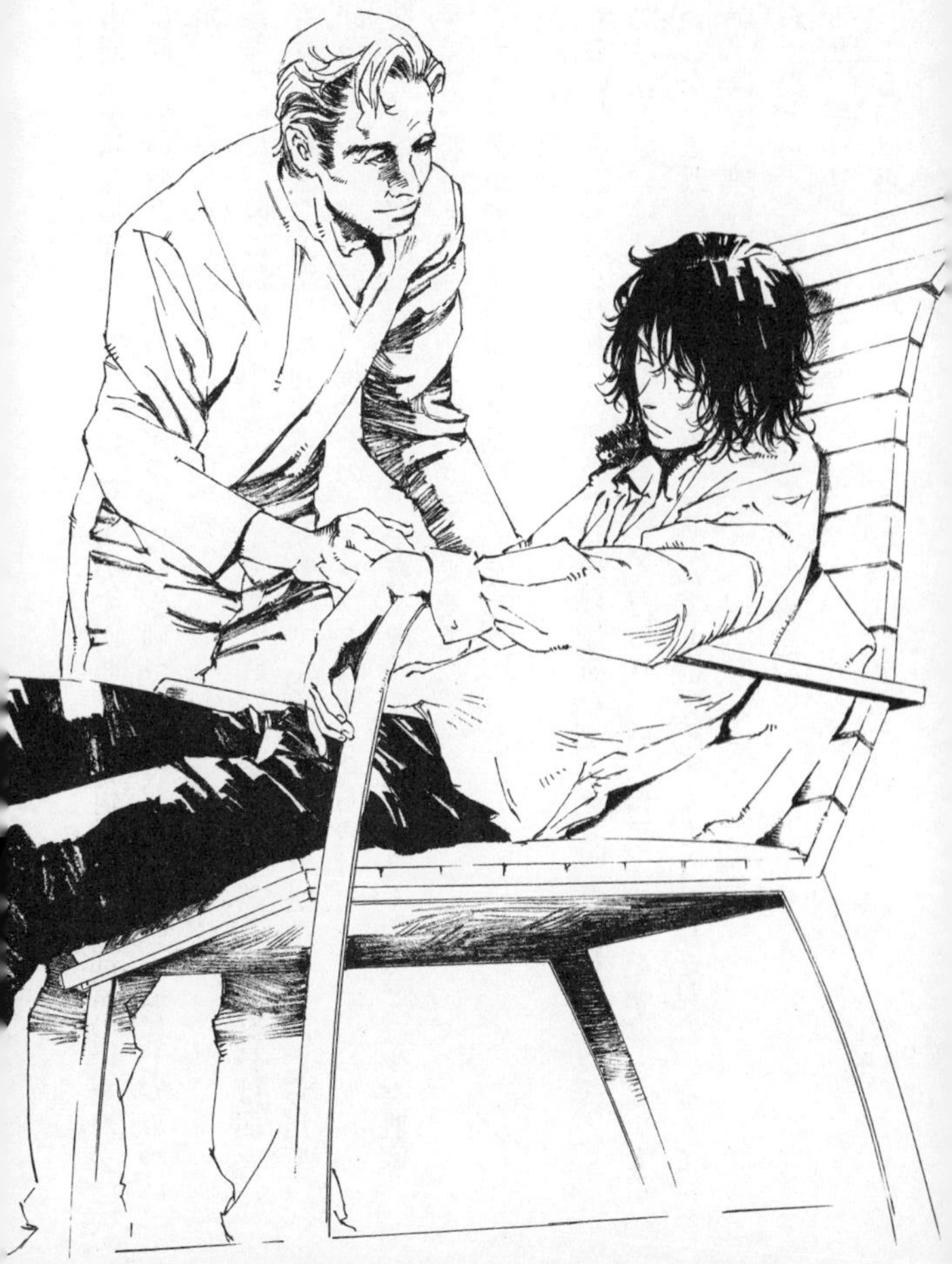

アルも同意を示して頷く。マーサは【本当ですかね】と半信半疑だ。部屋の中をパタパタ飛び回っているとマーサの視線が全身に突き刺さるので、アルは暁の肩にしがみついて終始、おとなしくしていた。

日が落ちる前に、暁は部屋の中まで連れてきてくれた。窓辺から差し込む夕日は弱々しく、もうすぐ夜……人型に変化する状況が整ってくる。部屋まで送ってくれたら出ていくとばかり思っていたのに、暁はそのままソファに腰を落ち着けた。

ほどなくアルは蝙蝠から人型になった。全身を覆っていた毛がなくなると、少々肌寒い。両手で肩を押さえて「クチン」とクシャミをした。

「今晩、ディックがドラマの撮影を見に行くそうだ」

「あきら　くる？」

少しぐらい気を遣ってくれればいいのに、暁は遠慮なく「チッ」と舌打ちした。

「場所だけ教えて、はい行ってこいとも言えんだろう。酒入にディックを紹介しないといけないしな。それにしても、何を好きこのんでお前の下手くそな演技を見たいなんて思うのか、俺には理解できん」

「あきら　ひどい！　ぼくがんばってる」

怒鳴ると、ギロリと一瞥された。

「頑張ってるのは否定しないが、下手くそなのは事実だ」

アルはグッと下唇を噛み締める。すると暁は「そういえば」と呟いた。

「あのグダグダしたドラマの中でも、三谷は上手かったかもしれないな」

瞬間、アルはホラー好きの三谷に僅かばかり嫉妬した。

【アル、部屋にいるかい】

外からリチャードの声が聞こえた。

【あ、はい】

次の瞬間、ドアが大きく開いた。

【実は、暁に話して今晩は君の……】

笑顔だったリチャードの表情が驚愕に変わり、ソファにいる暁を見つけて倍増された。

どうしたんだろうと首を傾げたアルは、自分が人化したばかりで全裸だったことに気づいた。

【あ、急に入ってすまなかったね】

リチャードの顔がパーッと染め上げたように赤くなり、慌ててドアを閉じる。アルも急に恥ずかしくなって、ドアは閉められたのだから意味はないのに、窓辺に駆け寄りカーテンにサッとくるまった。

【二人とも、本当に申し訳ない】

リチャードはドアの向こうから話しかけてきた。

【今日は君の……その、撮影現場を見せてもらいたいと思ってるんだ。いいかな？】

【もっ、もちろんです。こっ、光栄です】

カーテンにくるまり、もじもじと焦る自分とは対照的に、暁の表情は冷めきっている。

【撮影の入り時間は午後九時なんだってね。撮影現場のセメタリーは僕も知ってる場所なんだ。暁に聞いたら、スタッフの迎えはないってことだから、それなら僕が車で送っていこうと思ってるんだけど】

【ディック、あなたが運転するのか？】

暁が驚いたように問い返す。

【なかなか自分で車を運転する機会がないから、久々にドライブしてみたくてね。八時にはここを出ようと思ってるんだ。それまでに二人とも、仕度をすませておいてくれるかな】


撮影はシカゴの中心部から高速道路で北に四十分ほど行った場所にある墓地公園で行われることになっていた。ロールスロイスの運転席にはリチャード、隣に暁、そしてアルは後部座席にちょこんとおさまっている。

アルが昼間に襲いかかったボディガードのヘンリーは、リチャードがＬＡで仕事をする時は、四六時中傍にいるらしかった。シカゴへ行くのはお忍びだから大丈夫だろうといったんはボディガードを置いてきたものの、敷地内に侵入者がいたというアルの話を聞き、急遽《きゆうきよ》呼び寄せたとのことだった。【けど彼がいると、かえって目立つこともあってね】とリチャードは苦笑いしていた。

その彼はロケ見学に同行していない。不審人物がリチャード目的か、単なる物取りか判断がつかなかったので、家に一人残るマーサを心配して置いてきたのだ。

ヘンリーはボディガードなしでリチャードが出歩くのを嫌がっていたが、本人に【変装するし、目立つことはしないから】と説き伏せられて渋々納得していた。

車を運転するリチャードは、白髪のかつらに白いつけ髭、上はチェックのシャツで、下は穿き込んだジーンズをサスペンダーで吊り上げている。とどめが野球帽。カントリースタイルでロールスロイスなので、宝くじで高額当選したものの、生活スタイルは変えられなかった田舎親父……という雰囲気になっていた。しかもそれが妙に馴染んでいるので、変装して出かけるのは初めてではなさそうだ。

【そういえば暁、君らは一緒に住んでどれぐらいなの？】

リチャードが運転席から聞いてくる。

【一年だな。こいつが無一文で俺のところに転がり込んできた】

【一年か。一番いい時だね】

鼻歌交じりにリチャードが呟く。

【何がいい時なんだ?】

冷静に暁に問われ、リチャードは【いや、その……】と言葉を濁した。

【二人はとても仲がいいからさ。いや、若いってのは情熱だねぇ】

意味がわからないのか暁はしきりに首を傾げている。アルはそれが一日、二回も三回も睦《むつ》み合う恋人同士という意味合いだと察したけれど、敢《あ》えて口にしなかった。知ったら暁が不機嫌になるのが目に見えていたからだ。

微妙な会話を乗せたまま車はどんどん走り、夜の共同墓地へとたどり着いた。入口の横、アスファルトがところどころ轍《わだち》で凹《へこ》み、裂け目から雑草が顔を出した侘《わ》びしい駐車場にはロケバスが三台止まっている。

駐車場に街路灯はないが、自家発電機があるのかいくつかライトがともされ、周囲は明るい。バスの傍には折り畳みの椅子やテーブルが置かれて、出演者のちょっとした控え室になっていた。

普段、夜間は閉じられているであろう墓地の門は大きく開かれ、スタッフが慌ただしく出入りしている。夜の共同墓地なんて幽霊が出そうだし、普段だったら絶対に近づきたくないが、人がザワザワしているといかにも仕事場という雰囲気があって、気味悪さが少しだけ薄まる。

「あっ、ケイン！」

ロケバスの隣で三谷が手を振っている。駆け寄っていったアルは「あれっ？」と首を傾げた。三谷は衣装こそつけているものの、メイクをしていない。アルは出番が少ない上に撮りが後の方なので、入りの時間が一番遅い。しかし出番の早い三谷の準備ができてないのは変だった。

「メイクは？」

三谷は「それがさ……」と苦笑いした。

「こっちだって困るんですよ！」

容赦のない怒鳴り声に、アルはビクリと背中を震わせた。ロケバスの脇で、春瑠奈のマネージャーである渡辺が人目も憚らず大声をあげている。

「メイクの川島《かわしま》さんがさ、ここに来られないかもしれなくて……」

三谷がこそっと耳打ちしてきた。

「川島さん、夕飯にあたったらしくて、吐くわ下すわで動けなくなって病院に運び込まれたって。ベッドから起き上がれない状態らしい。一緒に食べてた春瑠奈ちゃんはメニューが違ってたから大丈夫で先にロケ現場に来たんだけど……今回は出演者のヘアメイク全般を川島さんが担当することになってたから、準備ができないんだ」

お手上げ、と三谷は両手を上げる。

「夜の撮影だし、最悪俺はノーメイクで何とかなるとしても、春瑠奈ちゃんとケインはまずいよな。もしこれが日本だったらすぐに代わりを手配できたと思うんだけど」

ロケバスの中から春瑠奈が出てきた。主人公、まひろの衣装をつけて、車の脇で話をしている渡辺を心配そうに見ている。

「這ってでも来られないんですかっ」

渡辺が怒鳴るたびに、春瑠奈の顔が泣きそうに歪む。そうしているうちに、派手な柄の長袖シャツにチノパン姿の酒入が、スタッフらしき若い男と喋りながら、春瑠奈のマネージャーに近づいていくのが見えた。

「メイクさん、やっぱり来られないって？」

渡辺は「申し訳ありません」と頭を下げた。酒入は苛々した素振りで後ろ頭をガリガリ掻いている。

「今回のメイクはお宅の希望のメイクさんだよ。ここまできて仕事ができませんって、そりゃないだろ」

「本当に本当に申し訳ないです」

渡辺はただひたすら謝っている。

「自己管理は徹底してくれよ。こっちはただでさえ慣れない海外ロケで、ピリピリしてるんだからさ」

酒入はロケバスの傍でこちらの様子を窺っていた春瑠奈に振り返った。

「春瑠奈ちゃん、こっちに来て」

春瑠奈がおそるおそる酒入に近づいてくる。

「メイク道具はあるって聞いてる。最悪、自分でヘアメイクとかできる?」

途端、春瑠奈の表情が歪んだ。

「私、お化粧とか苦手なんです……」

酒入は「うーん」と眉間に皺を寄せた。

「けど、やってみます」

健気《けなげ》にもそう口にした春瑠奈に、酒入は「いや、いいよ」と首を横に振った。

「自分でやれたらヘアメイクなんて同行させせないよな。さぁて困った。今回、メイクさんと春瑠奈ちゃん以外に女性スタッフはいない。今からコーディネーターに頼んで現地のメイクさんを手配してもらうとしても、この時間だしな。延期するって手もあるが、明日、雨が降ったら中止だし。それ以上ずれ込んだら、もろスケジュールに響いてくる。

困ったな………」

「おい、酒入!」

ロールスロイスの傍から、影が二つ近づいてくる。暁とリチャードだ。酒入はカッと目を大きく見開き、満面の笑みを浮かべた。

「おーっ、おーっ、おーっ」

両手を大きく広げ「よく来たなぁ、高塚」と暁を迎える。

「生憎《あいにく》だが、来たくて来たわけじゃない」

暁の酒入に対する物言いは、三百六十五日どこにいても変わらない。

「海外ロケまでついてくるなんて、なかなかいないよ。つくづく思うんだ。ケインさんはお前に愛されてるってさ」

「どれだけ説明すればお前の脳内データは修正されるんだ？　俺とこいつはそういう関係じゃない」

酒入は「まぁ、そういうことはどうでもいいからさ」と微妙に引っかかる流し方をした。

「おいっ、そういうことはどういうことだ」

食ってかかる暁に、酒入はひょいと肩を竦める。

「俺は些細なことは気にしないタイプだから。……んっ、お前の隣にいるオッサンは誰だ？」

酒入と視線が合うと、リチャードはニッコリと微笑んだ。

「俺の知り合いが撮影を見学したいというので連れてきた。名前は……」

暁の言葉を最後まで聞かず、酒入は「あぁ、そうなの？　どうぞよろしく」とリチャードに会釈した。

「コンニチハ　ハジメマシテ」

たどたどしいながらもリチャードが口にした日本語に、酒入はなぜか「ブラボー」とイタリア語で吠《ほ》えた。

「このオッサンって日本語がわかる人？」

「いや、挨拶程度の片言だ」

「それでもいいや。実はスタッフの手が足りなくてさぁ、大助かりだよ」

暁が「おいっ！」と酒入に詰め寄った。

「ディックはただの見学だ」

「見てるだけじゃつまんないだろ。日本とはいえ本物のドラマ撮影に参加できるんだ。本人も喜ぶんじゃないか」

「お前の基準で物事を考えるな！」

怒っている暁を無視して、酒入はリチャードに話しかけた。

「もしよかったらですけど、撮影の裏方としてご協力願えませんかね。何せ人が少なくて。ケインさん、悪いけど通訳してくれる？」

暁の全身から怒りのオーラがバンバン出ていたけれど、リチャード本人に【暁の友達は何て言ってるの？】と聞かれたので、正直に【撮影を手伝ってほしいみたいです】と伝えた。するとリチャードの目が一瞬にして業界人としての厳しさを纏った。

【う一ん、困ったな。僕は日本のドラマ撮影のノウハウを知らないんだよ】

顎を押さえ、本気で悩みはじめたリチャードに、そこまで本格的な話じゃないよな……と思いつつ通訳する。酒入は「あー大丈夫」と両手を金魚のようにヒラヒラさせた。

「頼むのは機材を運んだりなんかの雑用だから」

……酒入は天下のリチャード・カーライルをこき使う気満々だ。ストレートに言った方がいいかどうか迷っていると、リチャードに【なになに?】と促され【雑用らしいです】と率直に伝えた。リチャードは悪戯を思いついた子供の表情で【面白い! 手伝うよ】とシャツを腕まくりしはじめた。それを見た酒入がピュッと口笛を吹く。

「おーっ、オッサンやる気じゃないか」

【ディック、無理にこんな奴の手伝いなんかしなくていい】

暁が止めにかかっても、リチャードは【無理なんかしてないよ。面白そうじゃないか】と乗り気だ。

「じゃあオッサンさあ、さっそくあそこの照明スタッフのところに行ってもらえる? 外国人スタッフと英語のわかる奴がいるから」

酒入は墓場の中でぼんやりと明かりが漏れている場所を指さす。日本語はわからなくても、酒入の仕草で「そこへ行け」と言われていると察したのだろう。リチャードは暁とアルにウインクしてから、共同墓地の中に入っていった。

「お前は昔から遠慮がなくて心底厚かましい奴だったが、何年経ってもそこは変わらんな」

「人懐っこいと言ってくれ」

嫌味を華麗にかわした酒入は、暁の肩をしっかりと摑んだ。馴れ馴れしく肩に置かれた手を、暁は胡散臭そうにチラリと見下ろす。

「……俺は本当に運の強い男だ。ピンチの時は、いつも必ず助けがやってくる」

酒入の呟きに、暁は眉を顰めた。

「俺はお前が何を言っているのかわからん」

酒入は摑んだ暁の肩をクルリと回し、スタッフと俳優に向けた。

「救世主がやってきた。こいつはこう見えてヘアメイクの腕はなかなかのものだ……多分」

三谷が「あっ」と小さく声をあげる。

「そうか、そうですよね。高塚さんなら何とかしてくれるかも」

周囲の視線を一斉に浴びて、暁は戸惑うように視線を泳がせた。

「いったい何の話をしているんだ？　俺にはさっぱりわからん」

「日本から一緒に来たヘアメイクさんが緊急入院して、出演者のヘアメイクをできる人がいなくて困ってたんです。高塚さん、お願いできませんか」

困惑する暁に、三谷が事情を説明する。

「急にそんなことを言われても、メイク道具もないだろう」

「どっ、道具ならあります！」

渡辺がロケバスに乗り込み、黒くて大きなメイクボックスを取り出してきた。

「頼むよ高塚。お前だけが頼りなんだよ」

酒入が両手を合わせて拝んでいる。

「俺もこの中で一番メイクが上手いのは高塚さんだと思います」

三谷も暁を大推薦してくる。周囲にいたスタッフまで集まってきて、暁の周囲に人の輪ができる。

「事情はわかった。わかったが……少し待ってくれ」

みんなの視線が苦悩する暁に集中する。俄《にわか》に注目を浴びた男は、おもむろに口を開いた。

「……最初に断っておくが、俺は『生きている人間』のヘアメイクはしたことがない」

暁の呟きに、周囲は水を打ったように静かになる。渡辺が隣にいた三谷に「今の、どういうこと？」と小声で聞いている。

「ああ～そんなの全然問題ないから～」

酒入は暁の前で、能天気にグッと親指を突き出してみせた。

撮影は先に三谷のシーンを撮ってから、次に春瑠奈という順番になっていた。アルが白いタキシードに着替えてロケバスから出てくると、ちょうど三谷のメイクがはじまるところだった。

椅子に腰掛けた三谷に、ライトがあてられる。その向かいに立つ暁の右手には広いテーブルがあり、階段みたいに大きく開かれたメイクボックスが置かれている。

化粧品の種類を確かめながら、暁は「とことん俺と趣味が合わないらしいな」とぼやいたあと、メイクボックスの中にあったゴムで髪を縛り、シャツを腕まくりした。三谷の前髪をクリップでとめあげ、骨格を確かめるように顔に触れたあと、眉を顰めた。

「あの……肌が荒れてたりしますか?」

おそるおそる問いかける三谷に、暁は「いや」と首を横に振った。

「いつもと勝手が違うだけだ。肌は荒れてない。吹き出物もないし、きめも整っている。……ところで、どういうイメージでいくんだ?」

三谷は困ったように視線を泳がせた。

「いつもメイクさんが適当にかっこよくしてくれるので……」

途端、暁の眉が不機嫌に吊り上がった。

「適当にかっこよくなんて、もっともわからん回答だ。こうなりたいとか、ああなりたいとかイメージはないのか」

三谷が視線でアルに縋《すが》ってくる。とはいえアルもどう言えばいいのかわからず周囲を見回し、渡辺と目が合った。渡辺は、アルの視線での懇願を受けて、覚悟を決めたのか「あのっ」と切り出した。

「三谷さんは続投なので、基本、前回の出演時と同じでいいんじゃないでしょうか」

暁は自分の顎を押さえた。

「確か前は……美形だがどこか抜けてるイメージだったな」

身も蓋もなく呟きながら、暁はメイクを開始した。いったんやりはじめると、その手つきは淀みがない。アルの隣に立っている渡辺も暁の手許を覗き込みながら「へえ、慣れたもんですね」と感心している。

渡辺は、椅子に座っているアルに近づいてくるとそっと耳打ちしてきた。

「……君の恋人って何してる人？　美容部員？」

恋人じゃないけど……と思いつつ「エンバーマー」と答える。すると渡辺は首を傾げた。

「よくわかんないけど、それって新しい美容法？　かっこいい感じだね」

「渡辺さん、エンバーマーって死んだ人が腐らないように処置する仕事だよ」

話を聞いていたのか春瑠奈が会話に入ってくる。渡辺は「えっ」と口許を歪めた。

「『まひろ』の漫画にあったよ。ドラマのファーストシーズンでも、ちょうど吸血鬼キーガンの出てくる回でエンバーマーが出てきてたし」

思い出したらしく「あれか！」と渡辺は手を打った。

「最近、片仮名言葉が全然頭に定着しなくってさ。その死体を云々《うんぬん》って仕事で、どうしてヘアメイクが上手くなるんだ？」

「腐らないようにするだけじゃなくて、女の人とか最後にお化粧をしてくれたりするんだよ」

「へえ。それにしても珍しい仕事だな。俺なんか死体に触るって考えただけで、怖くなってくるよ」

渡辺は両手で肩を押さえて、ブルッと震えてみせた。話をしているうちに三谷のメイクが終わり、春瑠奈と場所を交替する。

三谷は前回出演時より心持ち派手に仕上がっていたものの、すごくよかった。これだと画面の中でも映えそうだ。アルの隣に腰掛けた三谷は大きく息をついた。

「いつものメイクの三倍ぐらい緊張した。高塚さん、俺がちょっとでも顔を動かしたらチッて舌打ちするんだ。そのたびに心臓がキュッて痛くなってさ」

渡辺がハハッと笑う。

「そりゃキツいね。あの人、何か無駄に美形だから凄みがあるっていうかさ」

暁が普段メイクしているのは動かぬご遺体。生きている人だと勝手が悪いというのは何となく察しがつくとはいえ、もうちょっと思いやってほしい気はする。

「ヘアメイクが来られないって聞いた時は目の前が真っ暗になったよ。何とかなりそうで心底ホッとした。高塚さんだっけ、あの人には本当に感謝だよ」

胸を撫で下ろす渡辺に、三谷が「そうですよね」と相槌を打つ。

「メイクさんのことでバタバタしててあれこれ考える余裕がなかったけど、今からは思いっきりここを堪能できそうです」

それを聞いた渡辺が「堪能って三谷君、ここ墓場じゃないか」と苦笑いする。

「墓場ってミステリアスじゃないですか。アメリカはエンバーミングをするから、死体はなかなか腐敗しない。亡くなった時の状態のまま何年も地中に眠ってるんですよ」

今いるのは駐車場なのに、渡辺は足許を覗き込んでいる。

「それにこういうところだと、出そうじゃないですか」

アルは敢えて「何か」を聞かなかったのに、渡辺はそこに踏み入った。

「でっ、出るって……何が？」

三谷がニコリと微笑む。

「ほら幽霊とか」

　周囲は薄暗かったのに、渡辺の顔からザッと血の気が引いていくのがわかる。

「やっ、嫌だなあ。怖いこと言わないでくださいよ～」

　平静を装おうとする涙ぐましい努力が垣間《かいま》見えるものの、渡辺の声は震えている。

「撮影場所になる墓地公園の名前を教えてもらったあと、検索したんですよ。心霊現象がおこることで有名な墓地があるって聞いてたから、そこだと面白いなと思って。けどここは何も出ないみたいですね」

　三谷はとても残念そうだった。渡辺が「幽霊なんて、見ない方がいいに決まって……」と話していたまさにその時、背後でガサガサッと葉の擦れる音がした。風が吹いただけだったのに渡辺は「ひいいっ」と悲鳴をあげる。声があまりに大きかったので、春瑠奈と暁もくるりとこちらに振り返った。

「渡辺さん、怖がりですか？」

　三谷に聞かれた渡辺は、素直に認めればいいのに「あ、いやちょっと驚いただけで……」とやせ我慢をした。

「そうですか。俺、こういう心霊関係とかホラーって好きなんですよ。さっき言ってた有名な墓地っていうのが……」

「みたに　やめて」

アルは自分の両耳を塞いだまま拒否した。

「こわいはなし　こわい」

三谷は「ははっ」と笑った。

「ケインはこういうの、好きなくせに」

神の采配か、三谷がスタッフに呼ばれた。現場に向かう後ろ姿が遠くなる。アルと渡辺は顔を見あわせ、ため息をついた。そこには恐怖を分かち合った者同士だけに通じる視線の会話があった。

ブルルッと振動音が聞こえて、渡辺が「ひゃっ」と跳び上がった。スマホのバイブ機能だったので「ちょっと失礼します」ときまり悪そうにそそくさとその場を離れていく。

一人で退屈になったアルは、暁に近づいた。春瑠奈のメイクも着々と進んでいる。

暁は春瑠奈の肌をふんわりした赤ちゃん肌風に整えながら、目許は悪目立ちしない程度にくっきりはっきりと縁取り、アイシャドウはブラウン系の物を使った。そうすると優しいのに強いという、『まひろ』のキャラをよく表しているメイクになった。

「悪いが……」

一言も無駄口を叩かずにメイクをしていた暁が、口を開いた。

「目を閉じていてくれないか」

「どうしてですか？」

心持ち上を向いたピンク色の唇が問い返す。

「……俺がいつもメイクをしているのはご遺体なんだ。見られるのには慣れてない」

「そっか、わかった」

春瑠奈はスッと目を閉じた。

「高塚さんって綺麗な顔だから、ずっと見ていたくなるっていうか」

「……それはどうも」

クマだってもっとマシな反応をするんじゃないかと思うほど暁の返答は素っ気ない。

「こんなに整った顔がこの世に存在するのって凄いな〜って、最初に見た時からすごく気になってたから」

暁の手が一瞬、止まった。指は短い停止ののち、何事もなかったかのように再び動き出す。

「けど意識した瞬間に彼氏持ちが判明だし。高塚さん、ケインさんと付き合ってるんですよね」

暁が怪訝な顔をした。

「付き合ってない」

「えっ、だけど恋人同士なんですよね？」

「俺は生まれてこのかた、同性と性行為をしたことはない」

春瑠奈は呆気にとられた顔で目をパチパチさせている。

「リップラインをなぞるから、口を閉じろ」

ピンク色の唇が慌てて閉じられ、上を向く。暁の向こう側に通話を終えた渡辺もいて、今の会話を聞いていたのか目を大きく見開いていた。アルと視線が合うと、気の毒そうな眼差しを向けてくる。『きっと人前で公言できない、恥ずかしがりなんだよ』と視線で慰められている気がした。

ヘアのセットが仕上がったところで、スタッフが春瑠奈を呼びに来た。渡辺は春瑠奈について撮影現場に行ってしまったので、ロケバスの周囲にはアルと暁の二人だけが残る。

「お前が一番、時間がかかるな」

椅子に腰掛けたアルに向かって、暁はフッとため息をつくと、チラリと腕時計を見た。

「急いでやるから、俺がいいと言うまで目を開くな」

アルは瞼を閉じた。頬の上を冷たくて柔らかい指が滑る。態度や口調は乱暴なのに、暁の指はびっくりするぐらい丁寧だった。前々から、エンバーミングの時に指先が繊細に動くなと思っていたけれど、実際に触れられるまで、それがどういう感触なのかは知らなかった。

いつも自分を新聞紙でスパンスパン叩いてくる指と同じだとは思えないほどその動き

は優しい。触れられることが気持ちよくて、背筋がゾクゾクしてくる。暁に触れられるご遺体は幸せだな……とついそんなことを考えてしまう。

「……おい、何か用か？」

暁が大きな声をあげ、アルは目を開いた。

「おいっ」

左手、墓地の入口に向けられた暁の視線を追いかける。後ろ姿の影がちらりと見え、暗闇の中にスッと消えていく。

「……返事ぐらいしろ、まったく」

暁は舌打ちをして、左を向いていたアルの顔を強引に正面へと向かせた。

「だれ？」

「知らん。呼んだら逃げていった。感じの悪いスタッフだ」

吐き捨てたあと、暁は首を傾げた。

「そういや外国人スタッフだったから、言葉がわからなかったのかもしれないな」

……嫌な予感がした。暁は「外国人スタッフ」で何の疑問も抱いていないようだけど、ここは共同墓地、死者の眠る場所だ。この世に未練のある魂が、浮遊していても不思議じゃない。

アルはブルブルと頭を横に振った。三谷の言葉に毒されている。幽霊なんて、きっとそんなに簡単に見えるものじゃない。実際、生前も吸血鬼になってからも自分は一度も見たことがない。

「さっき　ほんとうに　すたっふ？」

幽霊なんて心の底から認めたくないのに、思わず聞いてしまう。

「メイクに集中できん。黙ってろ！」

怒鳴られても、一度心の中に芽生えてしまった恐怖の種は、そう簡単には取り去れない。「目を閉じろ」と言われても、周囲が見えなくなるのが怖い。薄目を開けていたら「閉じろって言ってるだろう」と凄まれてぎゅっと瞼を閉じた。

「さっき　すたっふ　ゆうれい　かも」

「あぁ、幽霊かもな」

心の底からどうでもよさそうに吐き捨てられた。

「あきら　こわい　ないの？」

パンと頭を軽くはたかれる。

「お前も幽霊の親戚か従兄弟みたいなもんだろ、何が怖いんだ？　気持ち悪いだけで実害はない。それよりも生きている人間の方が厄介だ」

「あきら　ゆうれい　みた？」

「そんなもん、見たことあるわけないだろ」

きっぱりと言い放つ。何となくだけど暁は幽霊を前にしても「こんなところに出てくるな。傍迷惑《はためいわく》だ」と文句を言いそうだ。それを考えたらおかしくなってちょっと笑うと「頬を動かすな」と叱られ、慌てて表情を引き締めた。

暁のメイクは、何というか……大胆だ。ファンデーションも濃い色や派手な色を顔にどんどん乗せていくのに、それらが混ざるととても自然な色合いになる。最終的に、前回の吸血鬼メイクの時より沢山の色を重ねていながらも薄い、それでいて悪役吸血鬼らしい深みと凄みのある顔に仕上がった。

メイクが終わると「先にやった二人のメイク崩れが気になる」という暁について、墓地内にある撮影現場に入った。アル自身も「変わった、凄い」と思うほどなので、他人の目にもとまるらしく「今日のメイクは決まってるね」と通りがかりのスタッフに声をかけられた。

暁は春瑠奈と三谷のヘアメイクを細かくチェックしていた。職業柄、ちょっとでも崩れると気になって仕方がないらしい。撮影の手伝いに行ったきり、ずっと姿を見てなかったリチャードは2カメの後ろにいて「Ｎｏ」とか「Ｇｏｏｄ」とか、まるで現場監督のように声を飛ばし、カメラマンの人に迷惑そうな顔をされていた。

「高塚さん」

出番待ちに入った三谷が、暁にそっと近づいてきた。

「あの見学に来ている外国人のおじさん、高塚さんの知り合いって聞いたんですけど何の仕事をしている人ですか？」

暁は一瞬言葉に詰まったが「映像関係だ」と答えた。「あ、やっぱり」と三谷は相槌を打つ。

「素人にしては、言ってることがすごく的確なんですよ。玄人っぽいっていうか」

まぁ、そうかもな、と暁は言葉を濁す。遠くで「ちょっと、ちょっと」と酒入がリチャードの肩を叩いているのが見えた。

「カメラさんの邪魔しちゃ駄目だよ〜。プロの仕事に素人はあんまり口出ししないでね。わかった？　わかったらあっちに行ってて」

最強プロレスラーに素人が挑みかかっていく絵面が脳裏に浮かび、いいんだろうかと思ったけれど、リチャードは粗雑に扱われることをまったく気にしてないらしく、ニコニコと上機嫌で暁の傍にやってきた。

【いやぁ、楽しいねぇ。まるで自主制作映画を撮っているようで、昔を思い出したよ。俳優業から映画作りにシフトした頃は、作る方じゃ実績がないから、なかなかお金と人が集まらなくてね】

「おーい、オッサン！　やっぱりこっちに来てくれ〜」

日本語はわからないはずなのに「オッサン」が自分と認識したのか、酒入の傍に駆け寄っていく。暁はそんなリチャードの後ろ姿を眺めながら「……あれで本人が楽しんでるなら、まぁいいか」と呟いた。

ヘアメイクが遅れたことを除けば撮影はそこそこ順調に進んだが、午前二時を過ぎた。放送時間にすれば短いものでも、ロケはとにかく時間がかかる。しかもカメラ以外の機材はレンタルしたものが多く使い勝手が今一つなのか、アメリカ人スタッフに聞いては動かしている状態だった。

暁は撮影が中断するたびに、春瑠奈と三谷のヘアメイクをこまめに調整していた。生きている二人は体温があるせいで、「普段やってる時よりも崩れやすい」とぼやいていた。アルは出番を待ちながら、折り畳み椅子の上でついウトウトしてしまった。昼間に飛び回って疲れていたせいかもしれない。リチャードが見ていると思って最初の方の撮りこそ張り切っていたが、撮影が長引くと緊張感もだんだんと緩んでくる。

【随分と遅くまでやってるね】

耳許に声が聞こえてきて、アルは跳び上がるほど驚いた。いつの間にか隣に黒いジーンズに白いカットソーとモノトーンのキエフが立っている。

【どっ、どうして……】

【退屈だったからちょっと遊びに来てみたんだ。三谷に場所は教えてもらってたし】

キエフは撮影現場を眺めながら【面白そうだなぁ】と微笑んだ。

【自主制作映画みたいな雰囲気だね】

過去、映画の世界に関わっていたキエフからすると、日本のドラマ撮影はリチャード同様、手作り感が強く映るようだった。

【アルと話もしたかったしね。君はこのドラマ撮影が終わったら日本に帰るのかい?】

【うん】

【一昨日話したこと、覚えてる?】

アルはゴクリと喉を鳴らした。

【血を吸ったら、より本物の吸血鬼に近づけるかもしれないってやつ。いつ試してみる?】

【あれは……】

【君が躊躇ってる理由がわからないな。リスクはないし、成功したらいいことずくめじゃないか】

返事ができずに俯く。沈黙のアルにキエフは【喋ってもらわないと、何を考えているのかわからないよ】とため息をついた。

【僕から見ると、君は随分と不自由な生活をしている。アキラの全面サポートのおかげで何とかなってるけど、この安定した生活が永遠に続くわけじゃない】

アルの、動いていないはずの心臓がチクリと痛んだ。

【アキラがエンバーマーの仕事を辞めてしまったら、君は即困ることになる。人間のアキラは、明日にでも不慮の事故で亡くなってしまうかもしれない。そうなった時、君はどうするんだい？】

キエフはこちらを諭すみたいに、ゆっくりと喋った。

【リスクを避けるためにも、君はもう少し本物に近づいて、その体を自由に使えるようになっていた方がいいと思う】

キエフの言っていることは、何一つ間違っていない。血を吸って完全な吸血鬼になれば、困り事は減るんだろう。

「ケインさん、出番です」

ライトの向こうから、スタッフが声をかけてくる。

【あ、僕……撮影があるから】

アルはそそくさと折り畳み椅子から立ち上がる。

【僕はもうしばらくあのホテルに滞在しているから、その気になったら連絡して】

そう言い残し、キエフは闇の中にスッと消えていった。後ろ姿を視線で追いかけていると、耳の傍で「ケインさん」と呼ばれ、驚いた。若いスタッフがクスリと笑う。

「母国だし、いつもよりリラックスしてるのかな？　そろそろ出番ですよ」

午前四時と夜明けが近くなってきた頃、ようやく撮影が終わった。

「終了でーす。お疲れ様でした」

アシスタントディレクターのかけ声に続いて、周囲から「お疲れ様でーす」とスタッフの声が乱れ飛ぶ。すぐさま撤収作業がはじまり、大道具、小道具、ライトが瞬く間に片づけられていく。

酒入が三谷と春瑠奈に明日の予定の説明をしているのを聞いて、アルはこれが最後のドラマ撮影だったんだと思い出した。出演は初回ロケ分だけと暁と約束しているからだ。

何だか寂しくて、アルは三谷と春瑠奈から目を逸らした。そんな視線の先、ずらりと並んだ霊廟《れいびょう》の手前、アーチ型の扉の傍で、黒い影がゴソリと動いた。見間違いかと思ったけど違う。そこに、誰かいる。

その誰かをおかしいと感じたのは、スタッフはみんな忙しく立ち働いているのに、影は協力する気配がなかったからだ。

たまたま通りかかった人が、物珍しさに覗いているとか。だけど夜中の墓場を誰が通りかかるんだろう。散歩コースにしても悪趣味だ。

肌がゾッと粟立《あわだ》った。あの影は、生きているものの影だろうか。アルが恐怖に取り憑《つ》かれている間に、影はフッと消えた。扉の奥に隠れたのかもしれないが、消えたようにも見えた。アルは慌てて踵《きびす》を返し、ロケバスに駆け寄った。暁は簡易テーブルの上に置いたメイクボックスの傍らで、使った筆や何やらを丁寧に拭っている。

アルは暁のシャツの背中を、後ろからちょっとだけ摘んだ。さっきの影が、幽霊に思えて仕方ない。夜中に墓場で騒いでいたから、うるさくて様子を見に来たに違いない。暁に話したかったけれど「幽霊？　フッ、それがどうした」と鼻で笑われそうだからやめた。

暁が体を捻った。アルが背中からシャツを摑んでいたので動きが不自然につっかえる。

「んっ、何だ？」

「なんでも　ない」

「じゃあその手をどけろ。邪魔だ」

アルが手を離しあぐねていると「いやーいやーいやー」と声をあげながら酒入が近づいてきた。ニコニコと上機嫌な男から、暁は露骨に顔を背ける。

「今日は本当に助かったよ！　高塚。お前のメイクは最高だ。いやはや、凄い特技だな」

「あれは特技じゃない。仕事だ」

酒入はポンと暁の肩を叩いた。

「特技みたいなモンじゃないか。そういや男でヘアメイクをやっている奴って、そっち方面が多いっていうもんな」

「そっちとはどっちだ。アジア、ヨーロッパ、それとも中近東か？」

鋭い眼差《まなざ》しで冷静に突っ込まれて、酒入は慌てて口を噤んだ。感謝だけ述べておけばいいのに、酒入は暁の嫌がる言葉をわざわざ選んでいるみたいだ。

「そっ、そういやあのオッサンに手伝ってもらって、随分と助かったよ。田舎のオヤジかと思ったら、何かこっち方面に詳しいみたいだってスタッフは言ってたな。ああ見えて映画オタクか？」

……他人事《ひとごと》ながら、アルはちょっぴりリチャードが可哀想になってきた。当の本人は、スタッフの中に紛れて、楽しそうに片づけをしている。そんなリチャードに、上下とも黒色の服を着た外国人スタッフが近づいた。あの幽霊だ。心臓がひっくり返るほどギョッとしたが、話をはじめたので、生きている人間だったとわかりホッとした。二言、三言何か言葉を交わしたあと、リチャードは黒服の男について歩き出した。

黒服の男の後ろ姿に見覚えがあるような気がする。どこでだったか記憶を弄り回しているうちに思い出した。昼間、家の周囲を歩き回っていた男、あいつの後ろ姿に似ている。夜中に庭を歩いていた男と昼間の男、そしてあの男が同一人物だったらリチャードが危ない。けど似ているというだけで、確証はない。

胸騒ぎを抑えきれず、アルは二人の後を追いかけた。後ろ姿があっという間に木立の中に見えなくなっていく。足が速い。途中でライトの明かりが届かなくなった。人工的な明かりが途絶えて初めて、今日が満月だったんだと気付いた。

草むらにできる霊廟の濃い影。死者の魂を天国へ導くはずの天使の石像が、月明かりを浴びてやけに禍々《まがまが》しく感じられる。撮影は墓場でも手前、比較的新しい大理石の墓の傍で行われていたが、ここは奥へ行くほど古びた墓石が多くなる。

二人の足が止まる。先に歩いていた男が振り返ったその瞬間、月明かりに何か光った。

【うわあああっ！】

叫び声に、アルは駆け出した。男の右腕が大きく弧を描き、リチャードは後ずさった拍子に古い墓石に足を取られて、芝生の上に腰からドッと崩れ落ちた。

男が再び襲いかかろうとするのが見えて、アルは【やめろっ】と叫んだ。ナイフを持つ男の手がビクッと震える。アルはリチャードの傍に駆け寄り、その背に手を添えた。

【大丈夫ですか】

【……あぁ。掠り傷だ】

髭こそないものの、男の顔は昨日の不法侵入者と同じ。リチャードをつけねらって、ここまできたのだ。

男はくるりと踵を返し、脱兎の如く駆け出した。

【まてっ！】

アルは逃げる男を追いかけた。【アル、いいんだっ】というリチャードの声が背後から聞こえていたが、両足は止まらない。あの男はリチャードにしつこくつきまとい、悪意を持って襲いかかった。二度目、三度目がないとも限らない。今捕まえられるなら、捕まえた方がいいに決まっている。

男は墓地の柵をよじのぼり、外へと飛び出した。アルも柵を登る。先に墓地の外へ出た男が、道ばたに止めてあったピックアップトラックに乗り込むのが見えた。荷台には脚立やスコップ、丸まった布袋がいくつか積み込まれている。植木屋のような装備だ。ブロロッと車のエンジンが唸り、動き出す。アルは柵からピックアップトラックの荷台へと飛び乗った。ズシンとした振動でアルが乗ったことに気がついたのか、男はカースタント並の酷い蛇行運転をはじめた。スコップや脚立が、左右に大きく揺れる。それが体にあたって痛い。

アルは脚立の猛襲に耐え、体を低くして、振り落とされないように荷台のへりに摑まった。まるでジェットコースターに乗っている気分で、目が回る。蛇行しているうちに、大きな石に乗り上げたのかトラックが激しく上下に揺れた。その拍子に布袋がドサッと道路に落ち、道の脇へと転がって見えなくなった。

しばらくすると車は蛇行運転をやめ、速度も落ちた。布袋が落下したのを、アルを振り落としたと勘違いしたのかもしれない。こうなったら男が車を止めるまで待って、そ

こで捕まえてやる……とアルはトラックの荷台で体を低くし、息を潜めた。

車は途中から高速道路に入り、シカゴの中心部に戻っていった。ウィリス・タワーを左手にどんどん南へと下り、途中で高速を降りる。ダウンタウンに入り、ごみごみと入り組んだ細い道を抜け、玄関ポーチが今にも崩れ落ちそうな、古くて小さな家の前でトラックは止まった。

男は車を降り、ガレージを開けて明かりをつけた。頭から車を中に突っ込む。エンジンを切り、車から出てきたところでアルは背後から男に飛びかかった。

【うわあああっ】

男はドッと仰向けに倒れた。ポケットに入っていたのかナイフが落ちて、カンカンッとコンクリートの上を転がっていく。アルは男の腹の上に馬乗りになった。凶器さえなくなったら、もうこっちのものだ。

若いと思っていたけれど、黒髪の男は暁と同い年ぐらいかもしれなかった。青色の瞳は驚愕するようにアルを見上げている。

【昨日、庭に忍び込んだのもお前だろう。どうしてリチャードを襲ったりしたんだ！】

男は口を閉ざしたまま、暴れ回る。アルは男の両手を押さえ込み、考えた。この男はリチャードを選んで襲っている。恨みか、それとも単に有名人を襲って名を上げたいだけなのかわからないが、ナイフには明確な殺意が込められていた。放っておくことはできない。絶対に警察に引き渡す。

けど相手の両手を押さえたこのままじゃ警察に連絡できない。手足を拘束できるものがないか周囲を見渡すと、右手に太いビニールロープがあった。アルは男をうつ伏せにしてから、手を離した。腹ばいだと、人はろくな抵抗ができなくなる。男の背に乗ったまま、アルは右手を伸ばした。もう少しでロープに手が届きそうだったその時、股の下の男が体を捻るのがわかった。

バシュッ。

鈍い音と、腹で弾けた痛み。衝撃にアルの体はガクガクッと震え、火薬の匂いが鼻腔《びこう》を突いた。自分の下腹部、吸血鬼の白い衣装に、バッと赤い血が滲み出している。

【あっ……】

燃えるような下腹の痛みに、撃たれたんだと自覚した途端、今度は拳銃が胸に押し当てられた。避《よ》けることもできずバシュッと撃ち込まれる。

【うわあああっ】

撃たれた勢いで、ドッと背後にひっくり返る。アルは地面に転がって身悶《もだ》えした。動けば動くだけ、血がどんどん流れていく。心臓が破壊されたのが致命的だ。少しでも流れ落ちる血を食い止めようと、アルは胸と腹をそれぞれの手で押さえた。

男はゆっくりと立ち上がり、血濡れの拳銃を手にしたまま、苦しみ悶えるアルを硝子のような青色の瞳で見下ろした。人間なら即死の状態でも、自分は死なない。死にそうに辛くても死なない。

呻くアルの背中を一蹴りして、男はペッと唾を吐きかけた。

【……あなた】

震えるか細い声。ガウンを羽織った赤毛の女が、ガレージの入口からこちらを覗き見ていた。三十過ぎか、男よりも年上に見える。

【じゅっ、銃の音が聞こえて……その人はどうしたの】

【泥棒だよ。車のパーツを盗もうとしてた。こっちが殺されそうになったから撃った。正当防衛だ】

女がこわごわと床に転がる自分を見下ろした。

【……死んだの】

【多分な】

男の口調は、人にこれだけ重傷を負わせたとは思えないほど、淡々としている。アルは悶絶《もんぜつ》する痛みの中で、必死に声を絞り出した。

【た……すけて】

女は口に両手をあて【キャッ】と短い悲鳴をあげた。

【きゅっ、救急車を呼んであげましょうよ】

【……静かにしていろ】

男は低い声で告げ、アルの額に銃口をあて引き金を引いた。

アルは透明のビニールシートにくるまれて、大きな布袋の中に押し込められた。男が作業をしている間、傍らではずっと女のすすり泣く声が聞こえていた。

【まだ生きてた……生きてたわ。病院に連れていけば助かったかもしれない。もう動けなくなってたのに、なぜ頭を撃ったりしたの。その男はただの泥棒で、あなたは何も悪くないんでしょう。それなのにどうして死体を隠すようなことをするの。警察を呼んで、事情を話せばいいじゃない】

男は何も答えない。

【その人、まるで新郎みたいな白いタキシードを着てた。そんな人が泥棒をするの？ 酔っ払って人の家のガレージに入っただけじゃないの。ねえ、ねえったら……】

女が男を揺さぶっているのか、布袋が大きく揺れた。

【うるさい、黙ってろ】

男が怒鳴り、女の嗚咽が聞こえた。

【こんなこと……こんなこと神様がお許しにならない。たとえ罪人であっても、罪を償

えば許されなきゃいけないのに】

【お前は何も見なかった。それでいいんだ】

布袋が引きずられる。そして不意に持ち上げられたかと思うと、ドシンと衝撃があった。おそらく車の荷台に載せられたのだ。アルは【ぐうあっ】と声をあげた。

【いっ、今声がした。まだ生きてる。助けてあげましょうよ】

【心臓と頭を撃ち抜いたんだ。生きていたとしてもすぐ死ぬ】

【そんな……】

アルは衝撃で痛みが倍増し、布袋の中で悶絶した。

【……あなたはモニカが死んでしまってから変わった】

【あいつの話はするな！】

男が声を荒らげた。

【いいえ、自分でもわかってるんでしょう。昔のあなたならこんな惨《むご》いことは絶対にしなかった】

【あいつのことは関係ない！　俺は何も変わっちゃいない】

【気づいてないのは自分だけよ。あなたの親友のジョエルも、行きつけの店のサットンもみんな言ってる。「あいつは妹のモニカが死んでから、人が変わった」って】

バシンと鈍い音に【キャッ】と女の悲鳴が重なる。

【黙れ、黙れ、黙れ！】

【……モニカはとてもいい子だった。美人で性格もよくて、私も本当の妹みたいに思ってた】

狼のような呻き声は、きっと男のものだ。

【あぁ、モニカは俺の自慢の妹だった。かわいくて、優しくて……それなのにどうして映画の端役を降ろされたぐらいで死ななきゃならなかったんだ？　いいや、あいつは自殺したんじゃない、殺されたんだ。リチャード・カーライルに殺されたんだよっ！】

男がリチャードを襲った理由がわかった。リチャードに恨みを持つ者は多い。その名声を羨む者、もしくは運命を変えられた者が……。

【いいえ、あの子が死んだのは誰のせいでもない、あの子自身の問題よ。役を降ろされた人間が全員、死んでしまうわけじゃない】

【あいつはあの役に役者生命を賭けてたんだ。一生懸命だったのに……】

【あの子が頑張っていたのは私も知ってる。けど仕方ないの。美人で優しくて、スタイルが抜群でもモニカは駄目だったの】

【どうしてだよっ！】

【似たような顔とスタイルの女優が、掃いて捨てるほどいるからよ！】

女の言葉が、アルの鼓膜に突き刺さった。

【ひいいいっ】
女の嗚咽が、悲鳴へと変わった。
【いっ、嫌だ……嫌だ……うっ、撃たないで】
アルはギョッとした。自分の……恋人か妻にまで銃口を向けたの……か？
【……出ていけ】
【あなた、おかしいわ。おかしいわよっ】
【出ていけと言ってるんだっ！】
男の怒鳴り声と、遠ざかる足音。
【ちきしょう、ちきしょう、ちきしょう】
男はしばらくの間、まるで独り言のように呻き続けていた。

……二十分ほど走ると、車は舗装されていない道に入ったのか、ガタガタと上下左右の揺れが酷くなった。ただでさえ痛いのに、大きく揺れるたび全身に激痛が走り、そのたびにアルは小さく悲鳴をあげた。
撃たれた部分を手で押さえていたのがよかったのか、血は止まった。けれど体の修復はなかなかはじまらない。切り刻まれたり、体中が粉々になったりした時と比べて、今回の傷は三ヶ所。局所的なので随分とマシだが、それでも痛い。

痛みに耐えながら、自分はこれからどうなるんだろうと考える。山へ埋められるか、川へ捨てられるか……願わくば川よりも山がいい。傷つけられた上に溺れるなんて最悪だ。苦しみが二倍になる。山だとしたら、埋められるんだろう。それだったら傷が治るまでじっとしていればいい。血の補給がないから、完治するまで一ヶ月か二ヶ月はかかりそうだ。

暁はいなくなった自分を捜してくれるだろうか。仕事があるから、日本に帰ってしまうかもしれない。暁が帰国してしまったら、自分一人でどうやって日本に帰ればいいんだろう。

だけど……自分が見つかるまで、暁は帰国しない気がする。捜して、捜して、見つかるまで捜してくれるんじゃないだろうか。

ガタンと大きく前後に揺れて車が止まる。バタンとドアが開く音。ガチャガチャとした金属音と、ザッザッと草を掻き分けるような音が聞こえていたのに、フッとどちらも消える。フォーッフォーッと夜鳥の鳴く不気味な声。車ごと自分はここに放置されるのかと思ったが、違っていた。

ほどなく、ザッザッと草を掻き分ける音が近づいてきた。男が戻ってきたのだ。男はアルを入れた布袋をズルズルと引きずり、フワッと体が浮いたかと思うと、強い衝撃が全身に走った。

【あぎゃっ！】

荷台から地面に落とされたのだ。アルが【うっぐううっ】と呻いていると【……お前は化け物か】と戸惑った声が聞こえた。

アルが「生きている」とわかっても、男の手荒な扱いが変わることはない。布袋はザッザッと乱暴に引きずられ、アルが痛みで目を回しているうちに窪《くぼ》みのような場所に落とされた。

【アウッチ】

アルは思わず叫んでいた。するとバシュッという発砲音と共に左肩に痛みが走った。バシュッ、バシュッと銃声は響き、痛みは体のあちらこちらで爆発した。生きていると知って止《とど》めをさされている。酷い……と思ったその時、喉許で痛みが弾けて声が出なくなった。

【以前、似たような光景を目にした】

キエフの声が聞こえた気がした。

【うわあああっ、お前は誰だっ！】

男が叫ぶ。そして笑い声が、不気味に響いた。

【名乗ったところで、君は僕を知らない。僕も君を知りたいとは思わないしね。そう、あれはヨーロッパだったかな。第一次世界大戦で、捕虜になった男を兵士が銃殺していたんだ。その男がまた無表情でね。戦争はそれを大義名分にして、人から感情を奪うと……】

やっぱりキエフの声だ。確信と同時に、バシュッと銃声が聞こえた。

【死ねっ】

二発の銃声のあと、カチカチと神経質な金属音が何度も響く。弾を撃ち尽くしたのだ。

【おっ、お前はどうして死なないんだっ】

男の声が震えている。

【どうしてかなんて君は知らなくていいんだよ。知ったところで、すぐに忘れてしまうからね】

【ちっ、近づいて来るなっ。ばっ、化け物っ】

ドサリと何かが倒れる音がした。男の声が消える。程なく布袋が窪みから引き上げられ、きゅっと閉じられた絞り口が開けられた。

【大丈夫じゃなさそうだから、大丈夫かなんて聞かないよ】

キエフはアルを布袋から引っぱり出した。男は血が漏れるのを防ぐためにアルをビニールシートで巻いていたが、そのあとも銃で何度か撃ったので血は銃弾の穴からシートの外へ溢れ、布袋も赤く染まっていた。

自分がいたのは林の中で、傍らにはちょうど人が寝ころべるぐらいの大きさの穴が掘られていた。自分の墓穴だ。その向こうに、男がうつ伏せになって倒れている。

鬱蒼《うっそう》として薄暗いのに、木々の間から東の空がうっすらと白んで見える。もうすぐ夜が明ける。

【まったく、酷い有様だね】

穴だらけ、血まみれでボロボロのアルを見下ろして、キエフはため息をついた。

【中途半端な吸血鬼が怪我をしたらどうなるのか僕は知らなかったけど、これは酷い。まるで普通の人間みたいに傷ついてるじゃないか】

アルは声帯を撃ち抜かれたままなので喋れない。

【こんなことを言うのも何だけど、まるでホラー映画だよ。君を見ていると、人間の肉体がどれだけ不自由だったのか思い出す】

キエフは【フム】と腕を組んだ。

【話ができないのは不便だな】

呟き、キエフは墓穴の傍でぐったりしている男をアルの傍まで引きずってきた。何をされてもびくともしない男の横で、キエフは口を大きく開ける。犬歯がまるでセイウチのように伸び出し、男の首筋にぐうっとめり込んだかと思うと、すぐさま引き抜かれた。キエフは男を持ち上げ、その首筋にできた二つの穴から滴る血を、アルの顔に近づけた。

ポタポタと落ちてくる男の血は、アルの意思とは無関係に喉を通過し体内に取り込まれる。痛みがフッ、フッと泡が弾けるように和らいでいく。血の出が悪くなると、キエフは男を軽く揺さぶって血を絞り出した。

アルの皮膚や喉が再生されると、キエフは男を草の上にうつ伏せた。アルは犬のように四つんばいになり、男の首筋に吸いついた。暁で実感していたが、生血の威力は絶大だ。飲んだ瞬間に体の痛みが薄れていく。

夢中になって血をすすっていたアルは、男の体が冷たくなってきたことで我に返った。体を動かすと、頭の中で骨がガチガチと音をたてる。まだ完全には治りきっていないと知りつつ、男から顔を離した。

【それだけでいいの？　もっともらえばいいのに。骨は治ってないだろう。おかしな音がするよ】

キエフが首を傾げる。

【もういい。この人が死にそうだから】

【君を蜂の巣にした男だよ。殺されたって自業自得だ】

【いいんだよ。僕は死なないから】

キエフはやれやれといった表情で、男の首につけた二つの穴をぺろりと舐めた。穴はみるみるうちに塞がって、どこに噛まれた跡があったのかもわからなくなる。

アルは座り込んだまま自分の衣装を見た。花婿のようだと言われた白いタキシードは、撃たれて穴があき赤黒く汚れている。これじゃ衣装さんに泣かれる……と思ったけれど、自分はこの撮影が最後のドラマ出演だ。この衣装が使われるのもこれで最後かもしれない。

【どうして僕がここにいるってわかったの？】

キエフはにこりと笑った。

【ホテルでのんびりしてたら、アキラから電話が掛かってきたんだ。アルが暴行犯を追いかけていったまま帰ってこないってね。いくら僕でも、何の手がかりもなしに君を捜し出すことはできないから、あの墓場に戻ってみたんだ。案の定、君の匂いをたどるのは無理だったんだけど、ナイフで斬りつけられた初老の男が一人いただろう。……ほんの掠り傷だけどね。ナイフについたその血の匂いをたどっていったら、ダウンタウンにある小さな家のガレージに行き着いた。そこは君の血の匂いがぷんぷんしていて、その先を追いかけるのは楽だったよ】

暁が自分を心配してくれている。きっとそうだろうと思っていたけれど、人から聞くとちょっと嬉しい。

【どうして君がこんなにボロボロになったのか理由は後で聞くとして、この男はどうし

ようか。今はちょっと深く眠らせてるんだが】

キエフは青白い顔で横たわる男を見下ろした。

【君のかわりにここへ埋めてしまおうか？】

冗談に聞こえず【だっ、駄目。殺すのは絶対に駄目】とアルは阻止する。キエフはヌッと顔を近づけてきた。

【どうしてこの男を庇うんだい？】

キエフは心底、不思議そうに目を大きく見開いた。

【こいつは死に値するだけのことをしたよ】

アルは【だけど……】と口ごもる。

【君は何を心配してるんだい？　殺人罪で罪に問われること？　けど僕らの人間としての肉体は死んだことになっている。だから罪にも問われないし、人だった頃のしがらみもない……あぁ、君はまだ両親と妹が生きてたっけ。それもたかだかあと五十年ほどの話だ。その頃になれば、人間だった君を覚えている人なんて誰一人としていなくなる】

甘く囁きかけてくる声を、アルは頭を振ることで拒絶した。……骨がガシガシ揺れて痛い。

【それでも、人を殺すのは嫌だ】

キエフはじっとアルを見下ろした。

【僕はこの男が死のうが生きようがどうでもいいけど、このまま放っておくのはやめたほうがいい。散々痛めつけた君に、ここぞとばかりに止めをさす男だ。また同じことをしないとも限らない】

【それは妹さんの自殺がリチャードのせいだと思いこんでいるからだよ。それさえなければ、こっ、こんなことはしないって……】

【妹が自殺したからって、その原因と思われる人をみんな殺そうとするかい？　そんなことないだろう】

ガレージで女が言っていた言葉を思い出す。絶望に駆られたからといって誰もが死を選んだり、凶行に及ぶわけじゃない。何かをするのは、やっぱりどこか心のリミッターの外れた人間なのだ。

アルは顔を上げ、キエフを見た。

【……人を殺したことはある？】

【何百年も生きているからね】

キエフは何の躊躇いもなく口にした。

【どうして殺したの】

【死んだ方がいい人間と、死んだ方が幸せな人間がいたからだよ。だから死を与えた】

アルは考えた。吸血鬼といっても自分は中途半端で、血を飲まないと傷も治りにくい。そして人間に囲まれて、人間の中で生きている。キエフのように、こう……何もかも超越して上から物事を見ることはできない。確かに自分はこの先、長生きをして、傍にいる人はみんな死んでしまうかもしれない。それでも、人間の生死を裁く存在にはなりたくなかった。

【僕は誰も殺したくない】

キエフは肩を竦めた。

【考え方は人それぞれだし、君が望むならこの男を生かしておいてもいいよ。……そうだ、自分が関わるのが嫌なら、僕が手を下そうか】

【嫌だ。そんなことをしたら、暁はきっと許してくれない】

ブハッとキエフは噴き出した。

【君がアキラを好きなのは知ってたけど、そこまで義理立てするの？】

何が可笑《おか》しいのか、キエフは笑い続けた。そして悪戯っぽい瞳でアルを覗き込む。

【知られるのが嫌なら、黙っていればいい】

アルは目を大きく見開いた。

【アキラは人間だから、千里眼はない。黙っていればいいんだよ。知られなければ、それはなかったことになる】

【駄目だよ。だって、だって……僕は嘘が下手なんだ】

キエフの笑いは止まらない。

【君は役者なんだろう。演じる立場なのに、嘘が下手でどうするんだい。けど、いいよ。わかった。今回の件は君の判断に任せる】

アルは横たわる男を横目に考えた。この後、どうすればいいのかと。このままだと、男はまたリチャードを狙うかもしれない。下手をしたらマーサも。暁の大切な人を、危険な目に遭わせたくない。かといって殺したくもない。警察に連れていくことも考えたが、被害者の自分がもう「死んでいる」はずの人間なので被害を訴えるのは難しい。リチャードへ襲いかかったという罪だけでは、すぐに刑務所を出てきてしまうだろう。とはいえもうそれしか道はないのかとアルが結論を出しかけた時、フッと閃《ひらめ》いた。キエフの顔を見上げると【どうかした？】と微笑まれる。

【記憶を消せないかな】

【んっ、どういうこと？】

【この男の、妹に関する記憶を消せないかな。リチャードを襲おうと思った原因が妹の自殺なら、妹に関する記憶がなくなればもうあんなことはしないと思う】

キエフは腕組みした。

【記憶を消すことはできるよ。……アルも残酷だね】

殺そうかと提案してきたキエフに残酷と言われて、アルは戸惑った。

【けど、そうすればこの男はもう誰にも迷惑をかけないよ】

そうだね、とキエフは頷いた。

【殺さないなら、それが妥当かな】

キエフは男をひっくり返した。アルが血を吸ったせいで、薄闇の中でも男の顔が青ざめているのがわかる。青白い額にキエフは人差し指をあて、それはほんの数秒でスッと離れていった。

【この男は、まるで恋人のように妹を愛してたんだね】

男の記憶を吸い取ったキエフは、ぽつりと呟いた。それからぐったりした男をピックアップトラックの運転席に乗せ【これで片づいた】と息をついた。

【少し貧血気味だけど、この男はあと数時間もすれば自然と目を覚ますよ。その時には、妹のこともこの事件のことも何一つ覚えてない】

電子音が小さく鳴りはじめる。キエフはポケットからスマホを取り出し画面を見ると【アキラからだ】とアルに目くばせした。

【どうする？　もう大丈夫だって自分で話す？】

アルは頷いてスマホを受け取った。

『おい、キエフ。アルは見つかったか？』

暁の声が、いつになく慌てている。

「うん　ぼく　だいじょうぶ」

アルがちょっぴり胸をジンとさせながら呟くと、電話の向こうの暁が押し黙った。そして短い沈黙のあとに『馬鹿野郎！』と鼓膜を劈《つんざ》くような怒鳴り声を響かせた。

『なに暢気《のんき》なことを言ってるんだ！　暴漢を追いかけていったまま何の連絡もないから、俺もディックも、あの酒入でさえお前のことを心配してたんだぞっ』

「あ……ごめんなさい」

『軽率な行動は慎め！　何も持たずに刃物を持った男を追いかけていくなんて無謀すぎる。いくらお前が「死なない」っていっても、怪我をしたら痛いだろうが！』

「うん　いたい」

『このクソ馬鹿が』

心配をしているが故とわかっていても、言葉の機関銃攻撃は痛い。

『今、どこにいるんだ』

「ぼく　わかるない」

『キエフが傍にいるだろう。替われ』

アルはキエフにスマホを返した。キエフは一分ほど暁と話をして通話を切った。

【アキラがこっちに迎えに来るってさ。僕は途中までタクシーで来たんだけど、舗装されてない道の手前で運転手に「薄気味悪い。ここから先に行くのは嫌だ」って拒否されちゃってね。そこから先はタクシーを降りて走ってきたんだ。蝙蝠になってもよかったんだが、アレは着替えが大変だから】

【暁、何か言ってた？】

【んっ、別に何も。ここに迎えに来るってことだけ。位置情報を共有したから大丈夫だろうけど、道がわからなくなったら、また連絡するってさ】

アルは【そう……】と呟いて、俯いた。

【随分と派手に叱られていたね】

【暁は僕を心配してくれてるんだ】

キエフは指先で顎を押さえた。

【アル、君が僕からの血を拒むのは、ひょっとしてアキラが関係しているのかな？】

アルはじわっと俯いた。

【アキラが駄目って言うから、君は完全な吸血鬼の血を嫌がるの？】

【暁は僕が楽になるなら、そうすればいいって言うと思う】

【じゃあ飲んでみればいいじゃないか】

アルは首を横に振る。まだ頭の中は痛い。

【ちゃんとした吸血鬼になれば、アキラに迷惑をかけずにすむようになるよ】

キエフは続ける。

【これからも怪我をするたびにアキラに血を大量に準備してもらうのかい。そんなの彼が大変じゃないか】

【けど、暁はくれるから……】

【アキラに無理をさせなくてもいいだろう。僕の血を吸うことで、君もアキラも楽になるかもしれないのに】

【このままでいいんだ】

【どうして？　完全な吸血鬼の何を恐れてるんだい？　君はもう人間には戻れない。吸血鬼として生きていくしかないんだよ】

【完全な吸血鬼になるのは怖くない。人間に戻れないのもわかってる。だけど僕は本物になりたくない】

【それはアル、君の我が儘なんじゃないかな】

キエフに厳しく言い放たれた。

【君のように中途半端な存在は、上手く人間に擬態できない。だからいつその生態が世間にばれてしまうかわからない。そうなるとひっそり暮らしている他の吸血鬼仲間の迷惑になる。正体を隠して生きていくためにも、君は本物に……完璧には無理でも、近づけるよう努力するべきだ。他に方法がないなら仕方ないが、可能性があるんだか

ら】

吸血鬼仲間と言われても、アルは自分を吸血鬼にしたクレイジーな女の子とキエフしか知らない。

【暁が死んだら、いつか死んだら、僕は完全な吸血鬼になる】

キエフがため息をついた。

【どうしてそんなにアキラにこだわるんだい。確かに君はアキラが好きみたいだし、アキラも君に対して優しいけれど】

【暁は難しい人だから……】

アルは口を開いた。

【完全な吸血鬼になって、誰の助けも必要としなくなったら、きっと僕を遠ざける。一緒に住んでなんかくれないし、優しくもしてくれない。同じベッドでも寝てくれない。普通に暮らせるんだったら、きっと他の誰かを好きになれって言うに決まってる。だから僕は中途半端で、弱いままで、いつまでも暁が手をかけたくなる存在でいないといけないんだ】

そう言いきると同時に、朝日が差した。全身がカッと熱くなり、体形が変わっていく。不自由な体は、蝙蝠へと変化して……。

穴の空いたタキシードの中からモゾモゾと顔を出した薄茶色の小さな蝙蝠を、キエフはじっと見下ろしていた。

＊　＊　＊

朝一でご遺体が二体運ばれてきたので、津野は室井とコンビを組んで一体、小柳は一人で一体受け持ってエンバーミングを施した。室井は勘がいい上に、指先が器用で丁寧なので、補佐に入ってもらってもこちらが何か言う前に自分で判断して動いてくれる。交通外傷である上に、手術もしていて血管があちらこちらで寸断されて手技に少々手間取るご遺体だったけれど、ストレスを感じることなく早々に処置を終えることができた。担当のご遺体も終わったし、小柳を手伝おうとして声をかけたら「あとメイクだけだからいいよ」と断られた。することがなくなったので、津野は控え室に引きあげた。コーヒーを飲んでいると、物品の片づけで残っていた室井が戻ってくる。

「小柳さんのヘルプにつこうとしたのに、いいって言われました」

津野はソファに腰掛けたまま、ハハッと笑った。

「俺も声をかけたけど、断られたよ。小柳さん、高塚さんほどじゃないにしても、メイ

クにこだわりがあるから」

室井は「うーん」と曖昧に首を傾げた。その顔が納得いかないといった風に見えて「どうした?」と聞いてみる。

「……ここだけの話、小柳さんのメイクって古くないですか?」

「古いけど、四十代以上の女の人をやらせたら完璧だよ。特に夜のお仕事系の派手な人とか。高塚さんははっきりくっきりしててもどこかあっさりしてるからさ。ああいうところに個人の趣味が出るよね」

「需要と供給ですか……」

神妙に呟いた室井の顔が可笑しくて、津野は俯いて笑いを嚙み殺した。それでも笑っているのを知られたのか、室井は拗ねた表情で向かいのソファに腰掛けた。

「……やけに静かですね」

ぽつりと室井が呟く。今日は天気が悪くて、朝から雨がザアザアと降っている。雨音はしていても、控え室の中は奇妙なほど静まりかえっている。

「高塚さんて、喋らないのに存在感がありますよね」

室井が持ち主のいないデスクをじっと見つめる。先輩エンバーマーである高塚は、数日前から長期の休みを取ってアメリカ旅行に出ている。彼が八日間の休みを申し出た時、小柳が驚いていた。就職してから、彼がそんな長期の休暇を取ったのは初めてだったらしい。

無人のデスクに向けられる視線がやけに熱っぽい切なさを帯びているように見えて、津野は「アルもいないしね」と話題を変えてみた。

「そういえばアルって誰かに預けてるんですか？」

室井が首を傾げる。

「一緒に連れていったんじゃないの？」

「蝙蝠をアメリカまで？」

「そうじゃないかな？　旅行前に海外の航空会社のサイトで機内持ち込みのペットの種類とか条件を見てたから」

室井は「信じられない……」と驚いていた。そして真剣な顔で「アルって、高塚さんに惚《ほ》れてますよね」とボソッと口にした。

「はっ？」

津野は問い返さずにはいられなかった。

「あの蝙蝠、高塚さんにベタ惚れしてますよ。だって俺が高塚さんと話してたら、絶対に寄ってきてギャーギャー鳴きますもん。話すな、触るなって感じで。もしかして自分を人間と勘違いしてるんじゃないかな」

「いくら何でも、自分が蝙蝠だって自覚はあると思うよ。この前だって、鏡とか熱心に見てたし」

「そうなんですか？」

「鏡を見て、あの鉤爪で毛並みを整えてたよ。けどなかなか上手くいかないみたいだから、ブラッシングしてやったら喜んでたな。高塚さんはアルを可愛がってるけど、身の回りの世話とか適当な気がするんだ、何となく」

一度ブラッシングしたら気に入ったらしく、それからたまに「ギャッ」とおねだりされる。プラスティックの小さな櫛《くし》を足に引っかけて自分のところまでやってきて「ギャッギャッ」と鳴くのだ。毛並みを整えてやると、小さな鼻をスンスンと押しつけてきてお礼を言ってくる。

最初、高塚がペットの蝙蝠を連れてきた時は、口にこそしなかったものの「冗談だろう」と衝撃だったが、今はとても可愛い。この控え室になくてはならない癒し系のアイドルだ。……アイドルで津野はふと思い出した。

「テレビつけていい？」

室井は「いいですよ、どうぞ」と肩を竦めた。高塚が休暇に入るまで、控え室のテレビはつけっぱなしのことが多かった。みんなあまり見ないにもかかわらずだ。では誰が見ていたのかというと、蝙蝠のアルだ。高塚が蝙蝠のために、テレビをつけっぱなしにしていた。蝙蝠がテレビを見るのかと思うかもしれないが、アルは見るのだ。テレビニュースを見ながら、コクコクと頷いている。

テレビの電源を入れると、午後のワイドショーをやっていた。ネットでチェックしていた通り、最近人気が急上昇中のグラビアアイドル、北里春瑠奈が出てくる。可愛くて、ちょっと天然おとぼけがストライクゾーンだ。津野はグラビアアイドルが大好きだ。つい最近、一押しだった神保《じんぼ》優香が亡くなって、しかもその現場に居合わせてしまい、ショックも重なりしばらく心の中のグラドル熱が消えてしまっていたが、北里春瑠奈を見つけた。春瑠奈は今後、大ブレイクすると信じている。

今回は、春瑠奈が『BLOOD GIRL まひろ』のセカンドシーズンの撮影でアメリカロケに行っているところを、インタビューされていた。そのワイドショーが『まひろ』の放送局なので、番宣も兼ねているんだろう。はにかみながらインタビューを受けている春瑠奈を見ているうちに、自然と頬が緩んでくる。

「津野さん、こういうタイプが好きなんですか？」

室井がまったくもって興味なさそうに聞いてくる。

「まあ、そうかな。新人だけど可愛いよ」

「俺はもうちょっと大人っぽい人がいいですけど」

どこか人を小馬鹿にした表情で室井はフッと笑う。津野はムッとして眉を顰めた。

「じゃあ室井君はさ、芸能人でいうならどういう子がタイプなんだ？」

聞いたあとで、しまったと内心後悔した。室井がゲイだと知っていたのに、応えづらい話題を振ってしまった。

「俺ですか？　俺は芸能人に興味ないけど、敢えて言うならハリウッドで活躍していた女優のハナエ・タムラかな」

「……あ、そう。渋いね」

室井が高塚へ思いを寄せているのは知っているが、傍で見ていると少し切ない。なぜなら、室井の恋愛は報われないとほぼ確定しているからだ。高塚には、時や場所、人目も憚らず愛し合う外国人俳優のケインという恋人がいる。今回の高塚の長期休暇も、ケインが海外でロケをするのでそれについていったという話だ。たった一週間程度も離れていられないほどのラブラブっぷり。まぁ、そうでなければ控え室や更衣室で睦み合ったりしないだろう。津野はこれまで、不幸にも三回ほど二人が愛し合っている場面に遭遇している。

津野は女の子が好きなので、同性に惹かれるという感覚は理解できない。けどまあそういう人もいるんだろうぐらいのスタンスで、あまり興味もない。ただ高塚とケインは、二人ともまれに見る美形なので、見ていると何だか、意味もなくすごいなと思ってしまう。室井もけっこうな男前ではあるが、ケインの前ではどうしても霞《かす》んでしまう。

「あぁ、早く高塚さん戻ってこないかな。何か控え室が広いし」

　室井が両手を上げて伸びをしながら小さく欠伸をした。「そうだね」と津野は相槌を打つ。室井に「高塚さんはもう諦めた方がいいんじゃないか」と言った方がいいんだろうかと思いつつ、それこそ余計なお世話だろうと自分で自分にツッコミを入れる。テレビの中では、春瑠奈がにっこり微笑んでいる。室井と高塚が上手くいく可能性と、自分と春瑠奈がデートできる可能性はどちらが高いんだろうな……と考えるだけ無駄な想像をしているうちに、津野のお腹がぐううっ〜っと盛大に空腹を訴えた。

「そういや春瑠奈って、ラーメンが好物なんだよな」

　室井に「ラーメン好きって、別に珍しくもないと思いますけど」と突っ込まれる。もうちょっと気を遣って話を膨らませろよ、と軽い苛立ちと共に津野は口を閉ざした。

「ラーメンかあ、話をしてたら、ちょっと食いたくなったかも」

　室井が天井を見上げて呟く。

「駅の近くに『一徹《いってつ》』ってラーメン屋があるけど、そこ美味《うま》いよ。チャーシューが自家製で厚くてさ」

　津野が勧めると「へえ、その店名、初めて聞きますね」と室井は姿勢を正した。津野は壁の時計を見上げる。

「仕事、遅くならなかったら食べに行く？」

「いいですね」

室井は嬉しそうにニッと笑った。微妙に生意気で、皮肉を言わなければ可愛いところもあるんじゃないかと思いつつ、津野は「ちなみに割り勘で」と付け足した。

恋とラーメン

そのラーメン店は、カウンター席が七席、奥にテーブル席が三卓の狭い店だった。入店時はカウンターの一席しか空席がなく、これは外で待機した方がいいかなと室井が考えていると、隣にいる先輩、津野が「店の人に声をかけて、ちょっと待つか。すぐ空く……」と喋っている間に、奥のテーブル席にいた背広の客が二人、立ち上がった。帰っていく客になんとなくお礼の会釈をしてから、食券を購入してテーブル席についた。

「背広の人たちさ、席を空けてもらったみたいで申し訳なかったな。ありがたかったけど」

津野はスマホをテーブルの上に置き、通勤用のショルダーバッグを壁に作られているフックにかけた。……いつ見てもダサいバッグだ。形はくずれているし、帆布をパイピングした合皮部分も経年劣化でボロボロ。表側には何かよくわからないロゴが印刷され、それも摩擦でこすれて消えかけている。ブランド品ではないし、これは質の悪いアーティストグッズではないかと室井は推測している。

オールドメモリアルセンターで研修をはじめた頃から、その鞄がずっと気になっている。津野は先輩だし、本人が好きで使っているなら敢えて指摘することもないかと黙っているが、目に入ると気になるし、そのたびに「ダサい」と条件反射みたいに脳裏を過る。

「ここ、鶏《とり》ガラベースですっきり系なんだよ」

津野に説明されるまでもなく、店に入った時から充満する香りでわかっていた。自分はどちらかといえば豚骨派だが、鶏ガラも嫌いじゃない。ラーメンに限らず、美味いものなら何でもOKだ。

「それ系の匂いですよね」

津野は「ふふっ」と嬉しそうに目を細める。そういえばこの人と二人で食事に出るのは初めてかもしれない。指導員である高塚とは何度も食事に出かけたけれども。彼のことを考えると、胸が少しだけチリッとする。

実習先の指導員として最初に高塚と対面した際は、整形ではないかと疑ってしまうほど整いすぎた容貌に正直、引いた。この顔で芸能人じゃないのか？　なぜエンバーマー？　と勝手ながら思ってしまった。

実習生として高塚と接していくうちに、整形をするタイプではないとわかった。美しい自分のビジュアルに無関心で、クール。たまに抜けているところが人間らしい。もとからきれい系の顔がタイプなので、高塚を好きになるのに時間はかからなかった。

高塚に女性の影がなかったので、もしかしたらゲイかもと期待を込めて積極的にアプローチしたが、まるで相手にされなかった。外国人の彼氏がいると知ってからも、諦めきれない。亡くなった母親へのエンバーミングで父親と対立した時、高塚は暴言を吐く父親に真摯に対応してくれた。この人は顔だけじゃない、優しく情のある人だと知ってしまったら、余計に欲しくて欲しくてたまらなくなった。

とはいえ自分は年下で、葬儀専門学校の学生。社会人ですらない。研修は一年で終わり卒業するので、早く就職先を探さないといけない。同級生は全国から集まり、実家が葬儀社という者が多く、みな地元に帰っていく。そんな中、自分はエンバーミングがやりたくて大卒で専門学校に通っている変わり種だ。親はサラリーマンなので、コネもない。

エンバーミングに興味を持ったのは、中学生の時に読んだ漫画がきっかけだった。高校で進路を決める際、エンバーミングの資格がとれる専門学校があることを知ったが、周りのクラスメイトは大学進学が当たり前で、親もそう思っていたし、自分も「ないな」と諦めた。大学では就職に有利というだけで経済学部に進み、人並みに勉強はしたが、面白くなかった。就職を決める段になって、社会に出ても今の延長線、つまらないのかなと考えたら少し怖くなった。自分の「つまらなさ」は、自分が引き受けるもので、他人の視線は何も解決しないのだと気づいた時、どうせつまらないなら好きなことをしたいなと、大学を卒業して葬祭の専門学校に入り直した。父親とは揉《も》めに揉め、学費も出してもらえずバイト生活になったが、後悔はしてない。こっちの方が大学生活の何倍も面白かった。

ただエンバーミングの技術を身につけて卒業しても、それを生かせるような就職先は少なく、葬儀社のスタッフとして就職することが殆どだと聞いている。

津野のスマホにピロンとメッセージが届く。向かいにいた室井の位置から、スマホに表示された「アカネ」という名前が見えた。

「あ、ちょっとごめん」

津野はスマホを手に取り、画面を覗き込む。そして何かメッセージを入力すると、再び手許に置いた。

「彼女ですか？」

グラビアアイドルが好きだと言ってたし、リアルな女性の影はないけど、興味本位で聞いてみる。もし彼女がいたら、彼氏のあのバッグをどう思っているんだろう。

「いや、姉から。来週、実家に帰るからそのことでちょっと」

津野の姉は外国人モデル専門の事務所を経営していると聞いたことがある。モデル事務所というと華やかなイメージだが、弟は全体に地味だ。姉のツテを利用して、好きなグラドルに会おうと考えたりしないんだろうか。自分なら確実にそうする。

「はい、おまち」

バンダナを頭に巻いたおばさんが、ラーメンをテーブルに置く。鶏ガラに醬油《しょうゆ》ベースの匂いと、肉厚のチャーシューが美味そうで、ゴクリと唾を飲み込む。この店に来るのは初めてだったが、ラーメンの顔が「これは美味い」と言っている。

最初にスープを一口飲む。すっきりしているのに、旨《うま》みが濃い。シンプルだが、そこがいい。麺は細めのストレートで、このスープに合っている。そして何よりもチャーシューだ。肉厚のトロトロで、すっきりしたスープとの相性が最高だ。

これはリピート確実で、自分の中の好きな店リストにいれる。津野はバッグのみならず、服装もそう気を遣っている方ではないので、ラーメンはどうかなと不安だったが、これなら合格点だ。

二人とも無言のままずるずるとラーメンを啜《すす》る。あまりに美味いので、替え玉とか、ここはそういうのができるかなと頭を上げた。向かいでは津野がはふはふしながら麺を口に運んでいる。何だかいつもと顔が違うなと思ったら、眼鏡をしていなかった。湯気で曇るからだろう。眼鏡を外しているところを初めて見たが、顔は割と整っているかもしれない。高塚の顔面の、圧倒的なバランスのよさで気づかなかったけれども。この人、もうちょっと髪型とかに気を遣ったら、けっこういい線いくんじゃないだろうか。

津野が上を向き、目が合った。見慣れた人の、少し雰囲気の異なった顔に、胸がザワつく。

「俺、ライスを頼もうと思うんだけど」

そう言われ「俺も替え玉したいです」と返す。

「ここ、食券買えば追加できるからさ」

食券を購入したら、すぐさまライスと替え玉がくる。腹の中を隙間なくラーメンで埋めつくしながら、この人も実家が葬儀社だったなと思い出した。実家がエンバーミング施設を造る間、センターで研修をかねて働いていると聞いた時は、実家が葬儀社の人はやっぱり強いなと羨ましかった。

「津野さんって、実家はどちらでしたっけ?」

「横浜だよ。ちょっと奥の方」

横浜なら、東京から近い。そしてエンバーミング施設を持つ葬儀社の息子。高塚との関係に進展の望みはなくても、近くにいたい。実習先のオールドメモリアルセンターは過去にトラブルがあったとかで、津野のような例外をのぞき、基本的に研修生をエンバーマーとして受け入れていない。横浜なら、許容範囲だ。……これは、もしかしてチャンスなんじゃないだろうか。

「実家でエンバーミングの施設を造ってるんですよね。いつ頃できそうなんですか?」

津野がラーメンライスを食っていたれんげを左右に振った。

「年明け、二月頃かな。俺もいつまでもセンターに置いてもらうわけにもいかないし」

「でもすごいですよね。息子のためにエンバーミングの施設を造るって」

津野は「いやいや」と首を横に振った。

「俺だけのためじゃないよ。首都圏で人口も多いから、父親もエンバーミングの需要があると踏んでるんだと思う。実際、オールドメモリアルセンターも、エンバーミング待ちのご遺体が集中することがあるし。最初はエンバーマーは俺一人だけど、将来的には拡張したいんだよね。高塚さんと小柳さんみたいな二人体制が理想かな」

チャンスが、口を開けて待っているのが見えた。

「そうなんですね。あの……不躾なのは承知なんですが、津野さんの会社で俺を雇ってもらえませんか？」

津野は「んっ？」と首を傾げた。

「もしかして、自分の相棒にって考えてるエンバーマーの知り合いの方とかいるんですか？」

「それはいないけど……」

戸惑っている顔だ。ふと、この人は情に訴えたらいけそうな気がしてきた。なので少し目を伏せ、寂しそうな表情をつくってみる。

「俺、実家が葬儀社でもないし、ツテもないから、就職先をどうしようか迷ってるんです。正直、エンバーマーでの募集ってほぼなくて、みんな葬儀社の職員として就職するじゃないですか。やっぱり俺はエンバーミングがしたいなって。すぐには無理でも、津野さんのところでそのチャンスがあるなら」

じっと待ってみたが、返事がない。チラリと津野の表情を盗み見すると、まだ考えている雰囲気だ。

「俺はまだ学生だし、頼りないですよね……」

自分を下げて、様子を窺ってみる。

「そういうんじゃないけど、エンバーマーを目指してうちに来てもらっても、最初は普通にセレモニーのスタッフ的な立ち位置になりそうだから。どれだけエンバーミングの需要があるかまだ全然読めないし」

「普段はセレモニーのスタッフでいいです。エンバーミングのご依頼がきたら、そっちに入る感じで」

「それでいいなら、いいよ」

津野はあっさりそう口にした。

「葬儀の専門学校出身だったら基本的なスキルも問題ないし。エンバーミングもできて、知り合いとなったら俺としても仕事がしやすい。仮に俺に何かあっても、室井がいるなら安心できる」

就職先が、エンバーミングもできる、かつ都市部に近い施設で決まった。何のツテもなかったのに、これはめちゃくちゃラッキーなんじゃないだろうか。

「嬉しいです」

素直に口から溢れ出ていた。そして急に不安になる。

「あの、すごく嬉しいですけど、やっぱりだめとか途中でなったりしませんか」

津野は「そこは大丈夫」と笑った。

「うちは毎年、数は少ないけど新卒を取ってるし。来週家に帰るから、父親に話をしとくよ」

室井は「よろしくお願いします」と頭を下げた。

客が増えてきたので、店を出る。二人とも追加でライスや替え玉をやってしまったせいで腹がぱんぱん。帰りの方向は違うが同じ沿線なので、一駅歩こうかということになった。

外は風が出て、それは涼しいを通り越して、少し冷たい。もうすっかり秋めいてきた。

就職先が決まったのはいいが、働き出せば津野は職場の上司、というか同僚になる。まあ、今とほぼほぼ同じ状況だ。しかし職場が家族経営となると、何かあったら辞めるのは自分の方なので、衝突しないように上手く立ち回らないといけない。

津野はどちらかというと穏やかで気が小さいタイプだ。自分がイラつくことさえ抑えられたら、上手くやっていけるだろう。津野の手技を見ていると「もっとこうやれば」

と気になることが多々ある。正直、指先は器用な人じゃない。自分の方が上手くやれると思うが……上手いだけが最適ではない。どれだけご遺体の声を、ご遺族の感情を汲《く》み取れるか。座学で学んでも理解しきれていなかったことを、ここ半年の実習で学んでいる。

職場で接するエンバーマー、高塚、小柳、津野は人として優しいと思う。自分はそこまで、他人に対して優しくはなれていない。

再びピロンと津野のスマホが鳴る。「ちょっとごめん」と津野は足を止めて、スマホを取り出した。表示されていたのはＳＮＳの画面で、女の子が目を閉じている写真が見えた。どうも野外のようで、そこにはメイクブラシを持った細い手が大きく映り込んでいる。写真には「make up!!」というコメントが入っていた。この感じだと、本人がメイクしているのではなくメイクさんにやってもらっているのを誰かに撮ってもらったんだろう。

「春瑠奈ちゃん、撮影してるのかな?」

ぽつりと津野が呟く。津野の推しのグラドルか……と冷めた気持ちになるも、メイクをしている指が細長いのが気になった。綺麗な指だ。けどその爪の形をどこかで……。

「んっ?」

津野のスマホに顔を近づける。

「室井、近いって」

注意されて、津野の顔が真横にあると気づいた。

「その画面、ちょっと見せてもらっていいですか？」

怪訝な表情をしながらも、津野はスマホを渡してくれる。室井はその写真を拡大した。

じっと写真の指を見つめる。

「……おいおい、顔が怖いぞ。春瑠奈ちゃんがおまえに何かしたのか」

やっぱり「そう」だとしか思えない。

「あの、大きく写っているこの手って高塚さんの手じゃないですか？」

津野が「はっ？」と首を傾げる。

「これ、右手ですよね。爪の形が同じだし、人差し指の指先にある小さなほくろが一緒なんですけど」

拡大した写真を見せると、津野は「俺は高塚さんの指のほくろまでは知らないから……」と苦笑いしている。

「高塚さんがグラビアアイドルのメイクをしてるとかありえないし、別人じゃないか？」

「まあ、それはそうですけど」

「あっ、今春瑠奈ちゃんも高塚さんもアメリカにいるのか。可能性としてなくはないとしても、どうだろうなあ……」

そうだった。高塚は美形の彼氏と一緒にアメリカ旅行をしている。かっこいい彼氏と愛し合って充実している高塚を思うと、片思いで悶々としている自分は何なんだろうな、と虚《むな》しくなる。高望みのしすぎか？　けど一番欲しいものを欲しいと言って何が悪い。望むのは自由だろ。……あ、駄目だ。気持ちが沈んでいくのがわかる。

スマホを返すと、津野が「全くなあ」と呟き、盛大なため息をついた。

「室井、コンビニ行こう」

「何を買うんですか？」

「コーヒー飲みたいから。おごってやるよ」

津野に背中をぽんと叩かれる。もしかしてこの人、高塚への自分の気持ちを知っているんだろうか。気になるけど、どうでもいいかとその想像を切り捨てた。

コーヒーをおごってもらって、ラーメンの感想会をしているうちに、沈んだ気持ちが少し浮上する。駅で別れる際に、次は豚骨ラーメンを食いに行こうという話になった。

帰りの電車、扉の近くに立ったまま考える。やっぱりあの指は高塚なんじゃないだろうか。冷静に考えたら、指のほくろで個人特定とか、相手をチェックしすぎてて、津野は自分をキモい男だと思ったかもしれない。……いや、そんな雰囲気はなかった。それよりも、自分を慰めようとしていた気がする。コーヒーもおごってくれたし。

ああいう人を好きになれば楽だったかなという、たら、ればに意味はない。そして津野はこれから先も仕事で長く付き合いそうな相手で、仲良くしておくに越したことはない。

次、津野と豚骨ラーメンを食べに行くのは利害関係を抜きにしても正直、少しだけ楽しみだった。

本書は、二〇〇八年十一月、書き下ろしノベルスとして蒼竜社より刊行された『吸血鬼と愉快な仲間たち3～Love trouble～』を文庫化にあたり、書き下ろしショートストーリー「恋とラーメン」を加え、『吸血鬼と愉快な仲間たち　3』と改題したものです。

本文デザイン／目﨑羽衣（テラエンジン）
本文イラスト／下村富美

木原音瀬の本

吸血鬼と愉快な仲間たち

昼間は蝙蝠、夜だけ人間。中途半端な吸血鬼のアルは、ある日うっかり日本へ——!? 異国の地で出会ったのは、口の悪いミステリアスな男で……。半人前吸血鬼アルの奮闘記シリーズ!

集英社文庫

木原音瀬の本

捜し物屋まやま（全3巻）

放火で家が全焼した引きこもりの三井は、謎の〝捜し物屋〟を営む間山兄弟と、ドルオタ弁護士に助けられるが……。ちょっと不思議で怖くて愉快。四人（と一匹）のドタバタ事件簿！

木原音瀬の本

ラブセメタリー

「僕は大人の女性を愛せません。僕の好きな人は、大人でも女性でもないんです」欲望に弄ばれる二人の男と、その周囲の人々の葛藤をリアルに描いた衝撃の問題作。

集英社文庫

集英社文庫 目録（日本文学）

集英社文庫　目録（日本文学）

木原音瀬　吸血鬼と愉快な仲間たち
木原音瀬　吸血鬼と愉快な仲間たち　2
木原音瀬　吸血鬼と愉快な仲間たち　3
小林エリカ　マダム・キュリーと朝食を
小林紀晴　写真学生
小林信彦 萩本欽一　小林信彦 萩本欽一 ふたりの笑《しょう》タイム
小林弘幸　読むだけ スッキリ！ 今日からはじめる 快便生活
小松左京　明烏《あけがらす》落語小説傑作集
小森陽一　DOG×POLICE 警視庁警備部警備第二課装備第四係
小森陽一　天神
小森陽一　音速の鷲
小森陽一　イーグルネスト
小森陽一　オズの世界
小森陽一　風招《お》きの空士　天神外伝
小森陽一　ブルズアイ
小森陽一　インナーアース
小森陽一　GIGANTIS volume1 Birth
小山明子　パパはマイナス50点
小山勝清　それからの武蔵　(一)(二)(三)(四)(五)(六)
今東光　毒舌・仏教入門
今東光　毒舌身の上相談
今野敏　惣《そう》角《かく》流《る》浪《ろう》
今野敏　山嵐
今野敏　琉球空手、ばか一代
今野敏　スクープ
今野敏　義珍の拳
今野敏　闘神伝説Ⅰ～Ⅳ
今野敏　龍の哭《な》く街
今野敏　武士猿《ブサーザール》
今野敏　ヘッドライン
今野敏　クローズアップ
今野敏　寮生―一九七一年、函館。―
今野敏　チャンミーグヮー
今野敏　アンカー
今野敏　武士マチムラ
今野敏　オフマイク
吉上亮 サイコパス製作委員会　PSYCHO-PASS サイコパス 3〈A〉
吉上亮 サイコパス製作委員会　PSYCHO-PASS サイコパス 3〈B〉
吉上亮 サイコパス製作委員会　PSYCHO-PASS サイコパス 3〈C〉
華南恋 サイコパス製作委員会　PSYCHO-PASS サイコパス 3 FIRST INSPECTOR
西條奈加　九十九藤
西條奈加　心《うら》淋《さび》し川《がわ》
齋藤薫　大人の女よ！ 清潔感を纏いなさい
齋藤薫　一日一ページ読めば、生き方が変わる だから"躾《しつけ》のある人"は美しい
斎藤栄　殺意の時刻表
斎藤茂太　イチローを育てた鈴木家の謎
斎藤茂太　骨は自分で拾えない
斎藤茂太　人の心を動かす「ことば」の極意

集英社文庫

吸血鬼《きゅうけつき》と愉快《ゆかい》な仲間《なかま》たち 3

2023年11月25日　第1刷　　定価はカバーに表示してあります。

著　者　木原音瀬《このはらなりせ》

発行者　樋口尚也

発行所　株式会社 集英社
東京都千代田区一ツ橋2-5-10　〒101-8050
電話　【編集部】03-3230-6095
【読者係】03-3230-6080
【販売部】03-3230-6393(書店専用)

印　刷　大日本印刷株式会社

製　本　大日本印刷株式会社

フォーマットデザイン　アリヤマデザインストア　　マークデザイン　居山浩二

ISBN978-4-08-744591-6 C0193